KIRSTI KRISTOFFERSEN

CELEBRITY *Crush*

Band 1

Aus dem Norwegischen
von Meike Blatzheim

Insel Verlag

Hätte mir jemand vorher erzählt, wie dieser Sommer werden würde, ich hätte es nicht geglaubt. Dass ich in diesen total gewöhnlichen, langweiligen Ferien jemanden kennenlernen sollte, der meine Welt auf den Kopf stellt und mein Herz zum Explodieren bringt.

Und dass ich in eine Welt voller Geheimnisse und Superstars hineingezogen werden würde. Eine Welt, von der ich mir nie hätte vorstellen können, dass ich einmal dazugehören würde.

Yeah right, hätte ich gesagt. *Bleib mal locker.*

Aber dann wurde es der Sommer, in dem *alles* passierte.

Kapitel 1

CAMPINGPLATZ HERRLICHER HERSJØEN stand in großen schwarzen Lettern auf dem gelben Schild, das in Sicht kam, als wir auf den Platz einbogen. An der letzten Stadt waren wir vor vielen Kilometern vorbeigefahren, dann am Flughafen, und seit mehreren Minuten war nichts als Wald und die eine oder andere kleine Siedlung zu sehen gewesen. Und jetzt also der Campingplatz ›Herrlicher Hersjøn‹. Staub wirbelte auf und legte sich wie eine Wolke um Omas kleines rotes Auto. Ich warf einen schnellen Blick auf das alte Gebäude, das einmal ein altes Bauernhaus gewesen sein musste und heute als Rezeption diente. Das gelbe Schild stand auf dem Dach eines niedrigen Blockhauses, wahrscheinlich eine Ferienhütte, und rund um den großen Wendeplatz standen ein paar Baracken sowie einige Bänke auf der Wiese.

»Gibt's hier wirklich Pferde?«, fragte ich und zeigte auf das Schild mit dem Pferd darauf, neben überkreuztem Besteck, einem Männchen, das in die Wellen sprang, und einem Fisch.

»Hmm, Pferde?«, wiederholte meine Oma Berit, die das Auto konzentriert durch die offene Schranke auf den eigentlichen Campingplatz lenkte.

»Vergiss es.«

Rechts und links des Weges standen Wohnwagen und Hütten auf großen Rasenflächen. Das Gelände war terrassenför mig gestaltet, die einzelnen Bereiche von langen Hecken getrennt. Am Fuß eines Hügels führte ein Weg zu einem großen, flachen Gebäude, das ich als Sanitäranlage identifizierte. Dahinter waren auf einer kleinen Hochebene weitere Hütten und Wohnwagen zu erkennen, dicht an dicht.

»Seit du das letzte Mal hier warst, bin ich umgezogen, nach Beverly Hills«, sagte Oma. Sie lachte und bog rechts ab.

Ich kapierte erst nicht, was sie damit sagen wollte, aber tatsächlich hatte der Weg, in den wir eingebogen waren, ein Schild mit der Aufschrift BEVERLY HILLS. Wir fuhren noch ein kleines Stück weiter, bis Oma vor ihrem Wohnwagen anhielt.

»An den erinnere ich mich jedenfalls«, sagte ich und Oma lächelte.

Während ich mich abschnallte, kam mir der Gedanke, dass sich der Wohnwagen sicher viel kleiner anfühlen würde als beim letzten Mal. Damals war mir alles riesig vorgekommen, Omas Wohnwagen und das Vorzelt wie ein einziger großer Spielplatz und der Campingplatz einfach gigantisch. Das war lange her. Aber als ich jetzt ausstieg und meine Reisetasche, in der ich alles untergebracht hatte, was ich in den kommenden Wochen brauchen würde, ins Vorzelt schleppte, wirkte der Wagen doch überraschend groß.

»Am besten wartest du draußen, bis ich gelüftet habe!«, rief Oma von drinnen. »Es ist ziemlich stickig.«

Ich antwortete nicht, ließ nur die schwere Tasche ins Gras plumpsen, verschränkte die Arme vor der Brust und schaute über den Campingplatz. Vielleicht passte es doch, dass sie diese Ecke Beverly Hills genannt hatten. Von hier aus konnte man den kompletten Platz überblicken und die Sonne, die bereits hoch am Himmel stand, schien uns direkt ins Gesicht.

Als Kind konnte ich mich auf dem Campingplatz endlos beschäftigen. Es waren immer andere Kinder da, mit denen ich spielte, wir kickten unten auf dem Rasenplatz, pflückten Erdbeeren, hüpften in Matschpfützen und wenn die Sonne unterging, fingen wir Frösche. Aber jetzt, wie sollte ich jetzt die Zeit rumkriegen?

Dieser Sommer hätte ganz anders werden sollen. Emma und ich wollten in die Hütte ihrer Familie am See Eikeren fahren, ganz allein, und da nur machen, worauf wir Lust hatten, und wir wären megabraun geworden. Neue Leute hätten wir bestimmt auch kennengelernt, vielleicht sogar ein paar Jungs. Es hätte ein Sommer werden sollen wie in einem Buch oder Film, ein Sommer, von dem man sich wünscht, dass er nie zu Ende geht. Aber meine Eltern hatten *diesen* Plänen einen Riegel vorgeschoben.

»Du hast doch nicht tatsächlich geglaubt, dass du die kompletten zwei Monate Sommerferien mit Emma und ihrer Familie da draußen am See verbringen kannst?«, hatte Mama letzte Woche gesagt und mich mit ihrem ›Du bist nicht so erwachsen, wie du denkst‹-Blick gemustert. Mit diesem Blick, den sie immer aufsetzt, wenn sie sich wünscht, dass ich noch ein kleines Mädchen wäre, damit sie alles allein entscheiden können.

»Warum nicht? Sie können es sich leisten, mich mitzunehmen!«, schrie ich beinahe zurück, sagte aber extra nicht, dass Emmas Familie gar nicht am Eikeren sein würde, sondern in ihrer anderen Hütte auf dem Blefjell. Mama verdrehte die Augen und sagte, dass es darum nicht gehe.

»Worum geht es denn dann?«

»Darum, dass du in unserem Haus wohnst und dich deshalb gefälligst an unsere Regeln hältst und tust, was wir sagen«, sagte sie. *Das* Erwachsenenargument, das alles andere übertrumpft.

Mama und Papa hatten endlich damit begonnen, unser Haus zu renovieren. Seit ich mich erinnern konnte, hatte ich darum gebettelt, ein neues Zimmer zu kriegen, und sie hatten seit Jahren vom Renovieren gesprochen. Als ich fast nicht mehr damit rechnete, dass es jemals dazu kommen würde, hatten sie sich plötzlich entschieden, die Sache anzugehen, und meinten, da wäre es wohl das Beste, wenn ich den Sommer über woanders wäre.

»Aber dann passt es doch perfekt, wenn ich bei Emma bin?!«, warf ich ein.

»Nein, du fährst zu Oma. Ende der Diskussion, Karoline. Und Oma freut sich so auf dich! Du bist doch auch gern mit ihr zusammen, oder etwa nicht? Es ist sicher schön für sie, den Sommer über Gesellschaft zu haben, wo sie sonst immer ganz allein ist«, sagte Mama und legte den Kopf schief.

Es ist so was von unfair. Ständig behaupten sie, dass die jungen Leute die Stimme erheben und ihre Meinung sagen sollen, um mitzuentscheiden, dabei gilt das nur, wenn es um Leserbriefe zu Umweltthemen an die Lokalzeitung geht. Und es war richtig mies von Mama, so eine *Deine-arme-Oma*-Stimme zu machen, damit ich ein schlechtes Gewissen bekomme. Oma ist schließlich nicht das Problem. Oma ist cool. Aber es wäre hundertmal besser gewesen, wenn ich selbst hätte entscheiden dürfen, wann ich sie besuchen wollte und wie lange. Jetzt saß ich hier fest. Gegen meinen Willen. Den ganzen Sommer lang. Und zwar nicht wie in einem Feel-good-Summer-Movie. Eher wie in einem Horrorfilm.

Ich machte ein Foto von der Aussicht und schickte es Emma.

Angekommen im Campingknast.

Emma antwortete beinahe sofort, schickte ein Bild von der Aussicht von ihrer Hütte, direkt aufs Wasser raus, und es sah einfach meganice aus.

I feel you. Same here!!!

Sie hatte offenbar nichts kapiert. Sie war schließlich nicht gefangen. Sie war genau da, wo wir beide unbedingt hingewollt hatten. Ich seufzte und schob das Handy in die Tasche.

Ein Rentnerehepaar, beide mit einem Handtuch über dem Arm, ging an unserem Platz vorbei und nickte mir freundlich zu. Ich nickte zurück und versuchte, ihre runzeligen Körper, nur in Badesachen und Crocs, nicht zu lange anzustarren. Knackbraun mit hängender Haut. Ich schluckte. Oma kam aus dem Wohnwagen, sie hielt mir ihr Handy entgegen.

»Deine Mutter ruft an«, sagte sie.

Ich schüttelte rasch den Kopf.

»Nicht?«

»Sag ihr, ich will nicht mit ihr sprechen«, sagte ich so laut, dass es Mama am anderen Ende der Leitung hoffentlich hörte.

»Sie ist anscheinend zu sehr mit der Aussicht beschäftigt«,

meinte Oma ins Telefon und warf mir dabei einen vielsagenden Blick über den Brillenrand zu.

Ich zuckte mit den Schultern. Wenn es so wichtig war, hätte Mama mich auch direkt anrufen können. Dann wäre ich einfach nicht drangegangen.

»Okay, das mache ich, bis bald«, hörte ich Oma aus dem Vorzelt. Kurz darauf kam sie wieder raus und holte noch mehr Gepäck aus dem Auto.

»Viele Grüße von deiner Mutter.«

Ich antwortete nicht. Mama verdiente keine Antwort. Schon beim Gedanken an meine Eltern machte sich so ein schwarzes Gefühl in meinem Bauch breit, ich war immer noch sauer auf sie und das legte sich wie ein Schatten über alles. Auch wenn Oma nicht schuld daran war.

»Mit dem Platz in Beverly Hills hast du aber echt Glück gehabt«, sagte ich schließlich, nachdem sie schon zweimal mit Gepäck an mir vorbeigelaufen war, und ich immer noch mit verschränkten Armen dastand.

»Jedenfalls mehr Glück als Ingvaldsen, der ihn vorher hatte!«, sagte sie gut gelaunt, holte die letzten Sachen aus dem Kofferraum und verschwand im Zelteingang.

»Hä? Warum das?« Ich hob meine Tasche auf und folgte ihr.

»Na, er ist schließlich gestorben!«, rief Oma aus dem Wohnwagen.

Ich wurde sofort rot. Schnell schaute ich mich um, ob sie jemand gehört hatte. Aber es war niemand in der Nähe. Ich musste mich erst wieder daran gewöhnen, dass Oma immer einfach so sagte, was ihr in den Sinn kam. Und an die Rentner, die in Badesachen und mit lose schlackernder Haut rumliefen, musste ich mich auch gewöhnen. Nicht zu vergessen an die gnadenlose Campingplatz-Hierarchie: Damit die einen aufsteigen und die besten Plätze bekommen konnten, mussten die anderen ihr Leben lassen (R.I.P.).

Kapitel 2

Die ersten Tage auf dem Campingplatz schleppten sich dahin und boten einen todtraurigen Ausblick auf den restlichen Sommer. Es regnete zwar nicht, aber richtig sonnig war es auch nicht, so ein voll mittelmäßiges Wetter, mit dem sich unmöglich etwas anfangen ließ. Oma gab sich große Mühe, füllte den Kühlschrank und die Schubladen mit jeder Menge leckerer Sachen und spielte Karten und andere Gesellschaftsspiele mit mir. Sie gab mir das Passwort zum lahmsten Campingplatz-Wifi der Welt und versprach, dass alles besser werden würde, sobald die Sonne rauskäme und man draußen sein konnte. Aber es machte nur eine begrenzte Anzahl von Malen Spaß, Oma im Mau-Mau zu schlagen, das Internet war so langsam, dass Insta immer nur zwei Bilder auf einmal lud, und der Wohnwagen fühlte sich jetzt schon viel zu klein an, selbst für uns zwei. Außerdem war nicht zu übersehen, dass Oma normalerweise allein hier war. Sie hatte ihre Gewohnheiten und eingeübten Bewegungsabläufe, ständig hatte ich das Gefühl, im Weg zu sein, und bekam den Eindruck, dass sie mich hier eigentlich gar nicht haben wollte. Ich hatte ebenfalls keine Lust, hier zu sein.

Durch das beschlagene Wohnwagenfenster starrte ich auf den Campingplatz, während sich das Kondenswasser zu Tropfen sammelte. Ich fühlte mich wie in einem trashigen Musikvideo und tat mir selbst unendlich leid.

Als ich am vierten Tag mit Emma facetimte, war das Erste, was ich sagte: »Ich will nach Hause!« Zur Antwort lachte sie nur und zeigte mir dann die Hütte ihrer Familie. Das Bild wurde die ganze Zeit über nicht richtig scharf, aber es sah ungefähr so idyllisch aus, wie ich es mir vorgestellt hatte. Obwohl ihre Eltern auch da waren, sie hatte doch nicht allein fahren dürfen.

»Du kannst dich also damit trösten, dass unser schöner Plan, den Sommer ganz allein in der Hütte zu verbringen, eh nicht geklappt hätte«, sagte sie.

»Es wäre trotzdem hundert Mal besser gewesen, als auf dem Campingplatz zu versauern«, sagte ich.

»Meinst du nicht, dass es mit der Zeit besser wird?«

Ich schüttelte den Kopf und merkte, dass ich einen Kloß im Hals hatte. »Nein, das glaub ich nicht, es wird richtig doof werden.«

»Dann müssen wir einfach jeden Tag facetimen!«, sagte Emma gut gelaunt.

Und so eine kleine Verbindung zum Rest der Welt würde vielleicht wirklich helfen. Auch wenn der in der Einöde unglaublich weit weg schien.

»Vielleicht kannst du mich irgendwann besuchen kommen?«, fragte ich, nachdem Emma von einer Clique erzählt hatte, die regelmäßig nur ein paar Hütten von ihrer entfernt Party machte.

»Vielleicht!«, sagte sie nur und dann musste sie auflegen, weil ihre Mutter zum Mittagessen rief.

»Bis bald, meld dich, wenn es neuen Camping-Gossip gibt!«

Nachdem ich aufgelegt hatte, grinste ich noch ein bisschen in mich hinein. Camping-Gossip! Um auf welchen zu stoßen, sollte ich vielleicht mal meine kleine Welt verlassen, die momentan nur aus dem Wohnwagen, dem Vorzelt, den Campingplatz-Toiletten und den Duschen bestand. Oder mir einfach was einfallen lassen. Ich könnte schließlich auch eine Geschichte erfinden, über irgendwelche super attraktive Typen aus Deutschland, die mich zu ihrer Party einluden, oder über ein paar coole Mädels aus Dänemark, die das ganze Sanitärgebäude in Beschlag nahmen, um einen Spa-Tag zu machen und mir die Haare in einem abgespacten Rosa färbten, das einfach nice aussah und perfekt zu den neuen Klamotten passte, die ich plötzlich hatte ...

Oma war ständig in Bewegung, ging irgendwohin und tat was auch immer, vielleicht unterhielt sie sich mit den Nachbarn, kümmerte sich um die Blumen oder so, während ich die meiste Zeit auf dem Sofa im Vorzelt lag und mir selbst leidtat. Etwa einmal pro Minute checkte ich Insta.

»Ich wette, *du* hast dich noch nie so gelangweilt wie ich gerade«, sagte ich leise und starrte auf das neuste Bild von Chrissy, das als Erstes auf dem Display aufgetaucht war, wie üblich. Er hockte auf einem Bordstein in Los Angeles, trug eine Sonnenbrille mit runden, blau spiegelnden Gläsern und lächelte das hübscheste, weißeste Lächeln der Welt. Dabei hielt er ein großes Softeis mit bunten Zuckerstreuseln in der Hand. Mit zwei Finger zoomte ich das Bild näher, studierte jedes kleine Detail. Vor den Sommerferien hatte Emma was davon gesagt, dass er sich jetzt auch als Schauspieler versuchen wolle.

»Es gibt Gerüchte über so 'ne neue Show, hab ich online gesehen«, hatte sie gemeint und ich hatte so getan, als interessiere mich das null. Dabei wurde ich jedes Mal knallrot, wenn jemand auch nur Chrissys Namen erwähnte. Aber ich traute mich nicht mal, seine Posts zu liken, obwohl ich sein Profil jeden Tag mehrmals aufrief. Zu peinlich, auf so ein Klischee zu stehen. Niemand sonst stand auf ihn. Er war viel zu alt und außerdem irgendwie prollig und man durfte auf keinen Fall zugeben, seine Musik zu hören. Aber trotzdem. Er war so schön. Und nett. Und schön.

Unter dem Foto stand: »Keeping it cool in LA, exciting things happening. Looking for stars, maybe you're the one?« Dazu ein Kuss-Emoji und eins mit Sternchen in den Augen.

Keine Ahnung, warum er auf Englisch postete, soweit ich wusste, war er nur in Norwegen ein Star. Er hatte vor den Ferien damit angefangen. Ich scrollte ein Stück runter, bis zu einem Bild von ihm mit einer Bloggerin mit sehr langen Haaren. »My celebrity crush«, stand darunter. Wenn ich nur ein Bild mit Chrissy auf Insta hätte! Und darunter stünde »My celebrity crush«. Das zu schreiben würde ich mich nie trauen. Obwohl es stimmte.

»Ich versteh echt nicht, warum du ein Poster von dem hast«, hatte Emma gesagt, als sie das letzte Mal bei mir zu Hause gewesen war, und auf Chrissy gezeigt, der über meinem Bett hing.

Hinter der Tür hing er auch, aber das hatte sie nicht bemerkt. Ich zuckte mit den Schultern und sagte so was wie, dass ich das Poster wegen der schönen Farbe aufgehängt habe und dass es außerdem die hässliche Wand verdecke.

»Gut, dass du bald ein neues Zimmer kriegst«, sagte Emma. »Dann brauchst du es nicht mehr.«

Emma hatte ein Bild von einem Bootsausflug gepostet. Die Sonne schien und sie trug ein Bikinioberteil und eine neue Sonnenbrille. Sie hatte nichts davon gesagt, dass sie mit dem Boot rauswollten. In ihrer Story war ein Video, auf dem man sah, wie schnell das Boot fuhr, und das nur die Rücken und Hinterköpfe derjenigen zeigte, die es steuerten. Sie war jedenfalls nicht mit ihren Eltern unterwegs, um es mal so zu sagen. Sie rasten übers Wasser und eine tiefe Jungenstimme fragte: »Filmst du?«, und Emma sagte »Woooow!«, riss die Arme in die Luft und filmte sich selbst mit im Wind wehendem Haar. Als ich zum dritten Mal auf die Story klickte, blieb das Internet mal wieder hängen und ich schmiss das Handy ans andere Ende des Sofas. So ein Scheiß!

Im Fernsehen liefen bloß uralte Wiederholungen. Die Lachkonserve der *Friends*-Episode, die ich schon mindestens zweimal gesehen hatte, klang blechern und mechanisch, und ich dachte so dramatische Gedanken wie, dass alle anderen, die ich kannte, solche *Friends*-Leben voller lustiger Situationen, Dramen und Happy Ends hatten und so hollywoodmäßig cool aussahen mit Wind im Haar wie Emma, und nur ich lag hier am elendigsten Ort der Welt mit Jogginghose und fettigem Haar.

»Hast du nicht vielleicht Lust, mitzukommen und ein paar Leute kennenzulernen?«, hatte Oma in den ersten Tagen mehrmals gefragt, aber ich hatte nur mit den Schultern gezuckt. Was für Leute konnte sie schon meinen? Ich war nicht besonders neugierig auf faltige Rentner und andere Camping-platz-Weirdos. Also verließ ich unseren Platz nicht, ging nur ab und zu zur Toilette oder duschen, was fünf Kronen kostete. Nach drei Minuten schaltete sich das Warmwasser ohne Vor-warnung ab, sodass sich der Kälteschock bis in die Lungen zog. Und es passierte so ungefähr nichts. Ross und Rachel ka-men zusammen und trennten sich wieder und die ersten Tage der Sommerferien aller anderen waren ungefähr hundertmal spannender als meine.

In den nächsten Tagen versuchte ich Emma ein paar Mal auf FaceTime zu erreichen, erwischte sie aber nicht. Vielleicht lag es an dem wackligen Internet. Oder sie war so sehr damit beschäftigt, den besten Sommer ihres Lebens zu haben, dass sie keine Zeit hatte, mit mir zu reden. Beide Möglichkeiten waren gleich deprimierend.

»Guck mal, heute scheint tatsächlich die Sonne«, stellte Oma Ende der ersten Woche fest.

Ich schaute durch die Plastikfenster des Vorzelts und zuckte mit den Achseln. Draußen sah es nicht gerade nach Sommer-wetter aus, obwohl es vielleicht ein kleines bisschen heller war als an den letzten Morgen.

»Kannst du eigentlich irgendeine andere Antwort geben als ein Achselzucken?«, fragte Oma.

Ich zuckte mit den Achseln, grinste sie aber an. Sie lachte leicht. Das schlechte Gewissen nagte an mir.

»Entschuldige, Oma«, sagte ich.

»Wofür? Du bist doch nicht für das Wetter verantwort-lich«, sagte sie.

Ich wollte ihr gerade erklären, dass ich etwas anderes gemeint hatte, da drehte sie sich von der Küchenzeile zu mir, und kam mit dem Körbchen mit den frisch gebackenen Brötchen zum Tisch. Sie lächelte breit.

»Es wird besser werden«, sagte sie.

»Bist du sicher?«

»Todsicher. Und heute scheint die Sonne.«

Kapitel 3

Oma hatte recht. Nach dem Frühstück ließ ich mich überreden, mit auf die Holzterrasse vor dem Wohnwagen zu kommen. Dort standen zwei von diesen Stühlen, deren Rückenlehne man weit zurückstellen konnte, mit dickem Polster drauf.

»So.« Sie schob mich auf einen davon. »Vitamin D ist gut für die Stimmung«, fügte sie hinzu und dann verschwand sie um die Ecke.

Oma setzte sich fast nie hin, um sich zu entspannen. Wenn, dann setzte sie sich, um mir Gesellschaft zu leisten, und ich konnte förmlich sehen, wie ihr Körper vor Anspannung vibrierte und dass sie am liebsten sofort wieder aufgesprungen wäre, um dieses oder jenes zu erledigen. Und ständig kamen Leute vorbei, die Oma kannten. Manchmal stellte sie mich ihnen vor, manchmal ließ sie mich in Ruhe.

Auch was das mit der Stimmung anging, hatte Oma recht. Es half, dass es im Laufe des Tages wärmer wurde, sodass ich mir ein Top anziehen und die Sonnenbrille aufsetzen konnte und vielleicht etwas braun werden würde. Ich lauschte sogar interessiert einem Gespräch, das Oma mit einer Nachbarin über Spanische Wegschnecken führte, während sie mit dem Kopf tief im Blumenbeet am Terrassenrand verschwunden war.

»Wir sind erst heute gekommen und sie haben alle meine Dahlien gefressen«, klagte die Nachbarin.

»So was aber auch«, sagte Oma. »Obwohl du sie in Kübeln hast?«

»Na ja, ich hab nicht alle in Kübeln, vielleicht ist das das Problem«, antwortete die Nachbarin.

»Schwer zu sagen, es ist verdammt noch mal nicht leicht, diesen vermaledeiten Biestern den Garaus zu machen«, sagte Oma.

Die Nachbarin lachte glucksend.

»Ja, ja, jetzt wo Norah wieder mit ist, könnte ich ihr den Auftrag geben, jeden Abend so viele wie möglich zu erledigen. Vielleicht sollte ich sie pro Stück bezahlen«, sagte die Nachbarin und Oma lachte, bevor sie sich verabschiedeten.

Knapp zehn Sekunden später stand Oma mit Erde an den Knien, die Hände in Gartenhandschuhen, neben mir auf der Terrasse. »Bestimmt erinnerst du dich an Norah«, meinte sie.

»Norah?«

»Komm«, sagte sie und hielt mir die Hand hin. Und weil ich so davon überrumpelt war, dass sie so schnell aus dem Beet gesprungen war, und weil sie so entschlossen klang, nahm ich ihre Hand und folgte ihr wie ein kleines Kind.

Einige Meter weiter unten, schräg gegenüber von unserem Platz, stand ein Wohnwagen mit einem großen blauen Vorzelt. Seit unserer Ankunft war er leer gewesen, aber jetzt parkte ein Kombi dahinter und von drinnen waren Stimmen zu hören. Wahrscheinlich gehörten sie zu einer Familie, die gerade erst angekommen war. Oma rauschte auf den Wohnwagen zu, als wäre es ihrer.

»Laila, ich habe ganz vergessen zu erzählen, dass Karoline da ist!«, krakeelte sie und die Nachbarin von eben trat auf die Terrasse. Sie entdeckte, dass Oma mich hinter sich herzog, und gluckste wieder vor Lachen.

»Norah!«, rief sie ins Vorzelt und ein Mädchen, etwa in meinem Alter, kam heraus.

Wir hatten die Terrasse erreicht und Oma zog mich mit sich auf die hölzerne Plattform.

»Du erinnerst dich bestimmt an Norah«, wiederholte sie und schubste mich vor.

»Äh, ja«, sagte ich und ließ mich in Richtung des Mädchens mit den braunen Locken schieben. Aus dem genervten Blick, den sie Laila zuwarf – die ihre Mutter sein musste –, schloss ich, dass sie genauso gedrängt worden war wie ich.

Dann wurde es still, denn Oma drehte sich einfach um und ging, sie hatte offenbar erledigt, was sie hatte erledigen wollen. Die Mutter von dieser Norah verschwand hinter dem Wohnwagen, wo das Auto mit offenen Türen wartete.

»Du erinnerst dich nicht an mich, oder?«, fragte Norah.

»Äh, nein, sorry«, sagte ich schnell.

»Ist okay. Ich erinnere mich auch nicht an dich. Wir müssen ja *sehr* besonders sein!« Sie fuchtelte mit den Armen, um ihre Aussage zu unterstreichen, und ich musste ein bisschen lachen.

»Sollen wir rausgehen?«, fragte sie dann. »Oder, besser gesagt, runter?«

Ich nickte. Und als Norah von der Terrasse hüpfte, tat ich es ihr nach.

»Mama sagt, wir haben mal zusammen gespielt, als wir fünf

oder sechs waren«, erzählte Norah, während wir nebeneinander den Hügel hinabliefen, auf die großen Hütten unten in der Ebene zu. Sie wusste eindeutig mehr über mich als umgekehrt.

»Aber ich hab keine Ahnung, weshalb sie meint, dass ich mich an irgendwas erinnern müsste, das so ewig her ist«, fuhr sie fort. »Tust du's?«

»Was?«

»Erinnerst du dich an irgendwas von damals?«

»Um ehrlich zu sein, an ziemlich wenig«, sagte ich.

»Eben. Sei froh, dass du dich nicht an mich erinnerst. Ich war ein ziemlicher Trottel«, sagte Norah und schien das wirklich so zu meinen.

Ich war mir nicht sicher, ob ich darüber lachen sollte, deshalb hielt ich den Mund und zog die Augenbrauen auf eine Art und Weise hoch, von der ich hoffte, dass sie fragend und nicht ironisch wirkte.

»Ich hab damals echt geglaubt, dass mein Einhornstofftier ein echtes Einhorn werden würde, wenn ich es nur genug *gießen* würde. Das hat mein Cousin nämlich behauptet.«

Ich kicherte kurz.

»Also hab ich mein Stofftier in regelmäßigen Abständen ins Wasser getaucht, bis sich herausstellte, dass da außer Baumwolle noch was anderes drin war und es deshalb *vergammelte*. Es hat furchtbar gestunken. Erst hat keiner gecheckt, wo der Gestank herkam, bis sie den kleinen Eimer entdeckt haben, den ich jeden Abend vor dem Schlafengehen mit Wasser gefüllt hab, um das Einhorn reinzulegen«, sagte Norah und verdrehte die Augen.

Da warf ich den Kopf in den Nacken und lachte laut.

»Kannst du dir das vorstellen?«, sagte Norah und lachte ebenfalls.

»Du warst wirklich ein ziemlicher Trottel«, sagte ich und Norahs lautes, ansteckendes Lachen ließ ein bisschen was von der Schwärze in meinem Bauch verschwinden.

Kapitel 4

Norah kannte sich perfekt in Hersjøen aus, denn sie hatte »seit ich drei bin fast alle, extrem langen und langweiligen Sommerferien hier verbracht«, wie sie sagte. Sie wusste genau, wer wo wohnte. Wo die besten geheimen Walderdbeerstellen waren. Aus welchen Ländern die nettesten und die schlimmsten Touristen kamen. »Die Deutschen reden ununterbrochen, obwohl sie niemand versteht, und die Dänen sind am attraktivsten.« Schließlich gingen wir den schmalen, schattigen Weg zum Badestrand hinunter. Der Strand war nicht besonders groß, nur eine kleine Grasfläche mit ein paar Bänken, ein vielleicht vier Meter langer Ufersaum und ein Steg, den man vom Ufer aus betreten konnte.

»Komm, wir gehen zum Wasser!«

Mit den Füßen im kühlen See baumelnd zeigte Norah zur anderen Uferseite und erzählte, dass auf einem der Bauernhöfe dort drüben früher große Feste gefeiert worden wären, die man bis hierher gehört hätte.

»Jedenfalls die Musik. Im Laufe des Abends haben die Leute so laut geredet, dass man das beinahe auch verstehen konnte. Wusstest du übrigens, dass es hier im See früher Blutegel gab?«

Blitzschnell zog ich die Füße aus dem Wasser.

»Du machst Witze, oder?«

Norah lachte. »Nein, aber ich hab keine Ahnung, ob es wirklich stimmt. Außerdem hab ich gesagt, dass es ›früher‹ welche gab. Heute gibt es ganz sicher keine mehr.«

»Okay.« Vorsichtshalber ließ ich die Füße aber trotzdem an den Körper gezogen. »Das Wasser ist kalt«, meinte ich entschuldigend, als ich Norahs vielsagenden Blick bemerkte.

»Aber bald wird es warm«, sagte sie. »Dauert echt nicht lange, bis dieser Minisee warm genug ist. Wart's ab, nach ein paar sonnigen Tagen können wir schwimmen gehen.«

»Okay«, wiederholte ich und dann schwiegen wir einen Moment. Aber es war kein peinliches Schweigen, sondern wir dachten einfach ein bisschen über das nach, worüber wir gerade geredet hatten, und vielleicht an den Sommer, der vor uns lag.

Norahs Handy pingte und als sie die Benachrichtigung öffnete, strahlte sie.

»Jordan hat ein neues Video geteilt«, sagte sie mit leuchtenden Augen.

»Wer ist Jordan?«

»Im Ernst, du kennst Jordan nicht?«

Ich schüttelte den Kopf.

»Der beste Youtuber aller Zeiten, echt jetzt! Er kommt aus Schweden und ist so was von cool, er macht voll viele Pranks und so, aber auch so Labervlogs, da ist er einfach nur voll smart und cute und nett und … na ja. Und megahübsch ist er auch«, sagte Norah und legte die Hände an die Wangen. »Boah, mir wird schon heiß, wenn ich nur über ihn rede.«

Ich kicherte.

»Kenn ich«, meinte ich.

»Ja? Auf wen stehst du denn? Wem *musst* du quasi folgen?«

»Ich steh vor allem auf Chr…«, fing ich an. »Oder, na ja, eigentlich sind es mehrere, so verschiedene halt.«

»Shit, jetzt hab ich glatt gedacht, du sagst Chrissy«, meinte Norah.

»Oh Mann, nee, echt nicht.«

»Der ist auch irgendwie prollig«, sagte Norah und ich nickte.

»Ich guck mir das Video später an, ich hab nicht mehr so viel Datenvolumen«, meinte sie dann.

»Mhm«, sagte ich.

»Hast du zu Hause viele Freundinnen?«, fragte sie, nachdem sie das Handy weggelegt hatte.

»Nicht besonders. Aber ein paar schon. Und du?«

»Gibt es eine, mit der du den Sommer am allerliebsten verbracht hättest? Wenn du nicht mit auf den Campingplatz gemusst hättest? Mama hat erzählt, dass deine Oma gesagt hat, du hättest eigentlich keine Lust gehabt, herzukommen«, erklärte Norah.

»Ach so, ja. Meine beste Freundin Emma und ich wollten den Sommer eigentlich in ihrer Hütte verbringen und da mit ein paar älteren Jungs rumhängen und so«, sagte ich.

Keine Ahnung, warum ich das mit den Jungs gesagt hatte. Eigentlich war ich darauf gar nicht so scharf, das war vor allem Emma. Sofort fühlte ich mich dumm.

»Echt jetzt?«, fragte Norah. »Voll blöd, stattdessen hier festzusitzen. In all den Jahren hab ich hier keinen einzigen cuten Typen gesehen. Wenn doch mal einer auftaucht, zum Beispiel ein Däne, fährt er gleich am nächsten Tag weiter.«

»Ah ja«, sagte ich.

»Hast du einen Freund?«

Ich schüttelte den Kopf. »Du?«

»Nein. Hast du schon mal einen gehabt?«

Wieder schüttelte ich den Kopf.

»Aber hast du schon mal jemanden geküsst?«

Ich merkte, wie mir die Hitze in den Kopf stieg. Bestimmt war ich rot geworden. »Das sind voll viele Fragen, was willst du eigentlich von mir?«

»War bloß neugierig«, sagte Norah und zuckte mit den Achseln.

Stille senkte sich zwischen uns. Ich wusste selbst nicht, warum ich mich von ihren Fragen plötzlich so bedrängt gefühlt hatte; wahrscheinlich lag es daran, dass ich mir wünschte, nicht die Wahrheit sagen zu müssen. Dass ich noch nie mit jemandem zusammen gewesen war. Dass ich auch noch nie jemanden geküsst hatte. Nur einmal fast, letztes Jahr mit Jonas im Zelt, aber da war ich im letzten Augenblick zurückgewichen und er war sauer geworden und hatte gesagt, es sei eh bloß eine Mutprobe mit den anderen Jungs gewesen, ich solle bloß nicht glauben, er möge mich oder so. Davon konnte ich Norah nicht erzählen, das war mal klar.

»Sind eigentlich fast alle Dauercamper Rentner?«, fragte ich schließlich.

»Jepp. Hast du schon die Olsens in ihren Badeoutfits gesehen?«

»Oh, yes. Ich fürchte, diesen Anblick werde ich so schnell nicht vergessen.«

»Okay, dann warne ich dich hiermit offiziell vor: Pass auf,

wo du morgens gegen acht hinguckst. Da kommt Mr. Olsen himself nämlich aus seinem Vorzelt, um seine Badehose von der Wäscheleine zu holen, wo sie über Nacht zum Trocknen hängt. Und zieht sie sich mitten auf der Terrasse an.«

»Du meinst ... er ist völlig nackt?!«

Norah nickte eifrig. Vor lauter zurückgehaltenem Lachen lief ihr Gesicht rot an.

Ich war schockiert. Mit weit aufgerissenen Augen starrte ich Norah an, bevor ich mich schließlich rücklings auf den Schwimmsteg fallen ließ und mir die Hände aufs Gesicht schlug. »Pleeease, sag, dass du mich verarschst!«

»Nein!« Norah schaffte es nicht länger, das Lachen zurück-zuhalten, es schoss aus ihr heraus und klang wie ein gluck-sender Bach. Sie ließ sich ebenfalls zurückfallen. Seite an Seite lagen wir da und lachten, bis der Steg wackelte und auch das Wasser unter uns in Schwingungen versetzte.

»*Als sie starben, waren sie glücklich. Sie waren sogar so glücklich, dass sie sich totlachten, und das ist kein Witz*«, sagte Norah, während ich mir die Tränen aus den Augen wischte und langsam wieder zu Atem kam.

»Häh?«

»Hast du noch nie darüber nachgedacht, was morgen in der Zeitung stehen würde, wenn du heute sterben würdest?«

»Nein?«

»Na so was. Und ich dachte, alle würden ständig darüber nachdenken«, sagte Norah ironisch.

»›Der Gedanke an nackte Rentner brachte sie ins Grab, es war einfach zum Totlachen.‹«

Ich musste wieder lachen.

»Aber niemand wüsste, dass wir uns totgelacht haben«, sagte ich. »Sie würden uns hier auf dem Steg finden, ohne Puls, und auf Tod durch Lachen würden sie wahrscheinlich als Allerletztes kommen.«

»Hm, wahrscheinlich«, sagte Norah und sah aus, als würde sie an etwas anderes denken. »Wie heißt noch mal die Freundin, mit der du eigentlich den Sommer verbringen wolltest?«, fragte sie.

»Emma.«

»Kommt sie irgendwann zu Besuch?«

»Ich schätze schon. Also ja, tut sie«, sagte ich.

»Okay, cool.«

»Was ist mit dir? Bekommst du Campingplatz-Besuch von deinen Freundinnen?«, fragte ich.

»Mhm«, sagte Norah.

»Okay, cool«, sagte ich ebenfalls.

Dann wurde es wieder still, nur das Vogelgezwitscher aus den Bäumen und das Plätschern des Wassers unter dem Steg waren zu hören. Bis Norah sich aufrichtete und sagte, dass sie mir noch mehr zeigen wollte. Wir nahmen unsere Schuhe in die Hände und stapften den Weg hinauf zurück zum Campingplatz. Der kalte Sand unter meinen Füßen war so ungefähr das Weichste, was ich je gespürt hatte, und ich konnte nicht anders, als in die Hocke zu gehen und ihn mir mehrere Male durch die Finger rieseln zu lassen.

»Wahnsinn, fühl mal!«, sagte ich fasziniert und hätte mich am liebsten hingelegt und mein Gesicht in den Sand geschmiegt, aber so verrückt war ich dann doch nicht.

»Mhm.« Norah klang unbeeindruckt.

Ich richtete mich auf und klopfte mir den Sand von den Händen. Peinlich, dass ich mich so von etwas hatte begeistern lassen, das sie offenbar voll langweilig fand.

»Tja«, sagte ich bloß.

Norah war ein paar Meter vorausgegangen.

»Ich hab den schon tausendmal angefasst«, sagte sie. Aber wenigstens lächelte sie, und ich holte sie mit schnellen, federnden Schritten ein.

»Guck mal, der neue Wohnwagen da in der Prärie, der ist ja riesig«, sagte Norah, als wir den großen Wendeplatz neben den Hütten erreichten.

Sie zeigte auf die Wiese rechts, die ›Prärie‹ hieß, das hatte ich schon gelernt. Wieso auch immer die Wiese so genannt wurde, vielleicht weil es die verwildertste Ecke des Platzes war. Auf dem Weg dorthin hatte Norah mir erklärt, dass in der Prärie fast ausschließlich Touristen wohnten, die nur ein paar Tage blieben, keine Dauercamper. Hier und da standen vereinzelte Stromsäulen, an die man sich für ein oder zwei Nächte anschließen konnte, und es waren vielleicht zehn Wohnwagen wie zufällig über die Fläche verteilt.

Ich hielt die Hand wie einen Schirm an die Augen, blinzelte in die Richtung, in die Norah zeigte, konnte aber nichts Ungewöhnliches erkennen.

»Ich sehe nichts«, sagte ich.

»Der da vorne. Der war vorher noch nicht da«, sagte sie.

So früh im Sommer konnte ich mir noch gar nicht vorstellen, wie sie erkennen konnte, dass jemand Neues angekommen war und andere weitergezogen waren. Es würde Wochen dauern, bis ich mir dasselbe Talent erarbeitet hatte – wenn man es denn ein Talent nennen konnte. Ich stand also da wie der letzte Trottel, die Hand an die Stirn gehoben, um meine Augen vor der Sonne abzuschirmen, und hielt Ausschau nach etwas, ohne zu wissen, wonach eigentlich. In genau diesem Moment öffnete sich die Tür des Wohnwagens. Norah zeigte wieder dorthin, und ein ziemlich großer Junge mit blondem Haar kam heraus und guckte in unsere Richtung. Bevor wir reagieren konnten, hob er die eine Hand, zeigte auf uns und legte die andere wie einen Schirm über die Augen.

So schnell, als hätte sie sich verbrannt, nahm Norah die Hand runter. Ich lachte bloß. Er machte sich eindeutig über uns lustig, indem er uns nachäffte, aber das war sein gutes Recht. Er grinste zurück.

»Mann, sieht der gut aus«, sagte Norah.

Ich sagte nichts, aber ich hatte dasselbe gedacht. *Unverschämt gut.* Und dann dieses Grinsen, das bis in seine Augen reichte. Als würde er sich freuen, uns zu sehen, obwohl wir uns gar nicht kannten.

»Wetten, der kommt aus Dänemark? Die attraktiven Typen kommen immer aus Dänemark«, sagte Norah.

Der Junge ging in unsere Richtung. Aber dann trat ein Mann aus dem Wohnwagen, rief »Mathias!« hinter ihm her, und er blieb stehen. Beinahe entschuldigend hob er die Schultern.

»Mist«, sagte Norah. »Die fahren sicher schon wieder. Typisch!«

Ich bekam kaum mit, was sie sagte. Ohne darüber nachzudenken, hob ich die andere Hand und winkte dem Jungen zu. Er winkte zurück. Und so lernte ich Mathias kennen.

Kapitel 5

»Oma hat erzählt, dass du jemanden kennengelernt hast!«, sagte Mama fröhlich am nächsten Morgen am Telefon. Ich hatte mich von Oma dazu überreden lassen, mit ihr zu sprechen.

»Sie ruft jeden Tag an, vielleicht hört das auf, wenn du dich überwindest und mal kurz mit ihr sprichst«, hatte sie gesagt, und mir ging plötzlich auf, dass womöglich auch sie nicht so wild darauf war, jeden Tag mit Mama zu telefonieren.

»Häh, was meinst du?«, fragte ich und mir blieb kurz die Luft weg. Woher wusste Oma von dem Jungen, den wir gestern gesehen hatten und den ich so unbedingt wiedertreffen wollte?

»Na, die Tochter eurer Nachbarn, wie hieß sie noch, Norah?« Mama klang verwirrt.

»Ah, ach so. Ja. Ja, Norah, genau.«

»Das ist doch wunderbar! Siehst du, du bist nicht die Einzige, die den Sommer auf dem Campingplatz verbringt, für andere in deinem Alter ist es ganz normal, Urlaub mit ihrer Familie zu machen.«

»Mama ...«

»Und wo kommt sie noch mal her?«

»Aus der Nähe von Hamar, glaub ich.«

»Ja, aber woher kommt sie denn *ursprünglich*? Es ist doch immer interessant, zu erfahren ...«

»Mamaaa! Kannst du einfach … lass es, ja?«

»Okay.«

Mit Mama zu telefonieren machte mich ganz kribbelig. Sie war so unglaublich cringe, war das eigentlich immer schon so gewesen oder war es schlimmer geworden, seit sie mich zu Oma geschickt hatten?

»Hast du sonst noch was?«

»Ach, Linchen … Können wir nicht einfach ein bisschen quatschen, mein Schatz?«

Meine Augen begannen zu brennen, als sie meinen Kosenamen sagte. So hatte sie mich manchmal genannt, wenn ich mir als Kind das Knie aufgeschürft hatte oder so, wenn sie halt meinte, dass ich Trost bräuchte. Wollte sie mich jetzt etwa trösten? Dabei waren Papa und sie doch schuld daran, wie es mir ging.

»Willst du sehen, wie weit wir schon sind?«, fragte sie und schaltete das Video ein. Ich ließ meine Kamera aus und schob das auf das schlechte Netz, dabei wollte ich einfach nicht, dass sie mich sah. Sie hätte sofort erkannt, dass ich kurz davor war, loszuheulen, und dann hätte sie mich trösten wollen und Linchen genannt und das mit ihrer ruhigen Mama-Stimme, und das hätte alles nur noch schlimmer gemacht.

»Guck mal, das Wohnzimmer«, sagte Mama und schwenkte die Kamera durch den Raum.

»Mama, du bewegst das Handy viel zu schnell, ich erkenn gar nichts.«

»Oh, sorry«, sagte sie und versuchte es noch einmal, diesmal langsamer.

Es war nicht besonders viel zu sehen. Lange Plastikstreifen hingen in den Türrahmen und von der Decke herab, die Rohre in den Wänden waren sichtbar und der Fußboden aufgebrochen.

»Es wird *so* schön, wart nur ab, bis du dein neues Zimmer siehst«, sagte Mama und klang ganz entzückt.

»Mhm. Du, Mama? Ich muss Schluss machen, Norah kommt gerade«, log ich.

»Ah, na klar! Hab Spaß, mein Schatz! Genieß das Camperleben!«

Ich sagte nichts dazu, drückte einfach nur den roten Hörer. ›Genieß das Camperleben!‹, heilige Scheiße. Was für ein Witz.

Direkt nach dem Telefonat mit Mama rief ich Emma an und die war noch gar nicht aufgestanden.

»Hiiiiii!«, meldete sie sich nach vielleicht fünfmal Klingeln.

»Hab ich dich geweckt?«, fragte ich, aber es war gar keine richtige Frage, denn so heiser, wie Emma klang, hatte sie heute garantiert noch mit niemandem gesprochen.

»Ja«, sagte Emma und ich kicherte.

»Ich find's gut, dass du gar nicht so tust, als wärst du wach«, sagte ich.

»Mhm. Was geht?«

»Nicht viel. Und bei dir?«

Ich hätte Emma gern von Norah erzählt und von dem Jungen, den wir gestern gesehen hatten, aber dann hätte es ausgesehen, als riefe ich nur an, um davon zu berichten und *so* große News waren es nun auch nicht.

»Ich bin echt im Arsch, war gestern erst so um halb vier zu Hause«, sagte Emma und gähnte übertrieben.

»Oh, Shit. Warum denn, wo warst du denn?«

»Ich war mit Sagen und seinen Jungs unterwegs, wenn dir das was sagt. Wir haben gar nichts Besonderes gemacht, waren bloß draußen in den Schären und es war so megaheiß, dass niemand nach Hause wollte, also sind wir mit ihrem Boot rumgefahren und … na ja. Weißt schon, ist halt spät geworden.«

»Mhm, verstehe«, sagte ich.

Mein Bauch kribbelte wieder. Als ob ich nicht wüsste, wer Sagen und seine Jungs waren. Emma wusste verdammt gut, dass ich sie kannte. Als hätten wir nicht schon tausendmal neben dem Coop-Supermarkt am Wasser gesessen, wenn sie im Boot vorbeigefahren waren, und davon geträumt, an Bord zu sein. Aber sie waren älter als wir und viel zu cool, um uns auch nur eines Blickes zu würdigen. Und jetzt hing Emma plötzlich die ganze Nacht mit ihnen rum?

Für einen Augenblick schwiegen wir beide.

»Willst du nicht bald mal vorbeikommen?«, fragte ich und biss mir auf die Lippe. »Du kannst den Zug bis Eidsvoll Verk nehmen, da kann Oma dich abholen. Büüütte?«

»Also, ich hätte schon irgendwie Lust zu kommen, aber … vielleicht lieber später? Hier passiert gerade so viel, na ja, und bei dir passiert nicht so viel. Also, no front. Aber gerade will ich am liebsten hier sein. Obwohl wir bei dir bestimmt auch Spaß hätten! Vielleicht in ein paar Wochen?«

»Mhm. No front«, sagte ich. Und spürte, wie etwas an der Schwärze im Bauch kratzte. Natürlich wollte Emma nicht herkommen. Warum sollte sie auch? Schließlich hatte ich den Campingplatz nicht gerade gut verkauft.

»Hab gestern einen Jungen kennengelernt«, sagte ich.

»Ah, echt jetzt? Woher kommt er?«

»Äh, weiß ich nicht, wir haben uns noch nicht unterhalten, aber er hat uns zugewunken.« Ich hörte selbst, wie unglaublich dumm es klang, mit so etwas Kleinem und Unbedeutendem zu prahlen.

»Hmm, okay. Du, ich muss jetzt mal aufstehen. Wenn das Wetter schön ist, wollen wir heute grillen, auf so einer kleinen Insel im Meer, wo fast niemand sonst ist«, sagte Emma.

»Okay«, sagte ich und dann: »Er heißt übrigens Mathias.«

»Sagen wollte einen Kumpel bitten, Bier für uns zu besorgen. Als ich gesagt hab, dass ich Bier nicht mag, meinte er, dass er den Typen fragt, ob er Cider mitbringen kann. Voll süß von ihm.«

»Mhm. Aber ich muss jetzt los. Tschüss«, meinte ich, und Emma legte auf, ohne ebenfalls tschüss zu sagen. Ich blieb sitzen und starrte auf das dunkle Display, auf mein Spiegelbild auf der glatten Oberfläche, und versuchte, nicht daran zu denken, dass Emma mich nicht gefragt hatte, ob ich denn stattdessen sie besuchen wolle.

Kapitel 6

Eine Weile nach dem missglückten Telefonat holte Norah mich ab und wir liefen ewig kreuz und quer über den Campingplatz. Jedes Mal, wenn wir an der Prärie vorbeikamen, warf ich einen unauffälligen Blick auf den großen Wohnwagen, aus dem Mathias getreten war, aber der wirkte verrammelt und verlassen.

»Darf man hier seinen Wohnwagen abstellen und dann wochenlang nicht kommen, also ihn einfach stehen lassen?«, fragte ich Norah und gab mir Mühe, die Frage zufällig klingen zu lassen.

»Nein, ich glaub nicht, dass das geht, zumindest nicht im Sommer, wenn es so voll ist«, sagte sie.

»Warum fragst du?«

»Ach, nur so«, meinte ich.

Sie schien meine Frage nicht komisch zu finden. Eher umgekehrt, denn Norah hielt es für ihre große Aufgabe dieses Sommers, mich in absolut alle Geheimnisse des Campingplatzes einzuweihen. Also echt alle, von der Stelle, an der die größten Walderdbeeren wuchsen, bis zum besten Zeitpunkt, aufs Klo zu gehen, je nachdem, wer vorher im Sanitärgebäude gewesen war.

»Iih«, sagte ich.

»Ja, das kannst du laut sagen!«

Sie zeigte mir die Leute, die schon am längsten Dauercamper waren und die beinahe »festgewachsen sind und vermutlich denken, dass sie hier wohnen«, wie sie sagte. Sie erzählte mir, dass Nes, dem der Platz gehörte, normalerweise superstreng war, aber manchmal so gute Laune hatte, dass er einem Pommes ausgab.

»Am besten, man erwischt ihn, wenn er gerade eine neue Lieferung für den Kiosk bekommen hat, und möglichst nicht am Wochenende«, sagte Norah wichtig. »Meistens ist er nämlich so sauer wie eine Zitrone.«

Wir standen vor der Rezeption, vorn an der Schranke, und beobachteten Nes, der drinnen mit ein paar Touristen redete. Seine Gestalt ragte hinter der kleinen Theke auf und von da, wo wir standen, sah es aus, als füllte er den kompletten Türrahmen und den ganzen restlichen Raum aus. Vielleicht lag es aber auch nur daran, dass das alte Gebäude ziemlich klein war und niedrige Decken hatte.

»Gerade sieht er gar nicht so schlecht gelaunt aus«, sagte ich.

Norah zuckte mit den Achseln. »Komm!«

Am Fuß des sanften Hügels, der nach Beverly Hills führte, stand Himbeerstrauch neben Himbeerstrauch, aber laut Norah wurden die Beeren erst im Spätsommer reif.

»Siehst du den Wohnwagen da?«, fragte sie und zeigte in Richtung des Sanitärgebäudes.

»Er gehört einer Frau und deren Ehemann, aber bevor sie ihn geheiratet hat, war sie mit seinem *Bruder* verheiratet. Stell dir das mal vor! Sie hat mit beiden Kinder, sie sind also Halbgeschwister *und* Cousins gleichzeitig«, sagte Norah, und während einer weiteren Runde zwischen dauerhaften und Teilzeitbewohnern, Wiederholungstätern, Touristen, Tagesbesuchern und all den anderen Begriffen, die Norah für die Leute auf dem Campingplatz hatte, fuhr sie fort, mir alles zu erzählen, was sie wusste.

Es war nicht immer leicht, zu entscheiden, ob ich glauben sollte, was sie sagte. Ab und zu gewann ihre Fantasie eindeutig die Oberhand, zum Beispiel als sie behauptete, dass der sehr dicke Mann, dessen riesiger Hund vor seinem Wohnwagen lag, seine Frau umgebracht hätte.

»Sonst sind sie immer zusammen hergekommen, aber jetzt ist er allein und seine Frau tot«, sagte Norah mit gesenkter Stimme, als wir uns dem Platz näherten. Und als wir genau auf Höhe des Mannes waren, flüsterte sie: »Bestimmt hat er ihre Überreste an den Hund verfüttert.«

Der Hund hob den Kopf, schaute uns kurz an und wedelte müde mit dem Schwanz.

»Ach was«, sagte ich. »Dann würde er doch jetzt im Gefängnis sitzen. Und der Hund sieht nicht gerade aus wie einer, der Leichenteile frisst«, ergänzte ich, während uns die großen Hundeaugen hinterherguckten.

Norah schaute mich bloß an.

»Whatever«, sagte ich. Ich glaubte jedenfalls nicht, dass ein Typ, vor dessen Wohnwagen ein rosa Plastiksonnenschirm stand, jemanden umgebracht hatte. Aber vorsichtshalber sah ich trotzdem zu, dass ich weiterkam.

Am zweiten Tag, nachdem wir den blonden Jungen gesehen hatten, der vielleicht Mathias hieß, stand sein Wohnwagen nicht mehr in der Prärie. War er noch da gewesen, als ich zum

Duschen gegangen war? Vermutlich war ich zu müde gewesen, um darauf zu achten. Ich hätte es wissen müssen, Norah hatte schließlich gesagt, dass in der Prärie vor allem Touristen standen, die bloß auf der Durchreise waren. Eigentlich gab es keinen Grund, enttäuscht zu sein, wir hatten ja nicht mal miteinander gesprochen. Aber jetzt gab es auch keine Hoffnung mehr, dass das passieren würde. Mehr als sein Winken würde ich nicht bekommen. In meinen Flip-Flops schlappte ich den Hügel nach Beverly Hills hoch und spürte ein paar kalte Wassertropfen meinen Rücken herunterlaufen, Überbleibsel meiner schnellen Dusche. Es war immer noch früh und die meisten Leute schliefen. Nur ein paar Touristinnen und Touristen, die zeitig abreisen wollten, waren schon wach und manövrierten ihre Autos, Wohnwagen und Wohnmobile vom Stellplatz für die Nacht weiter in die Ferien. Die übliche Geräuschkulisse aus Kindergeschrei, Radios, Grillpartys, Gesprächen und Geschnatter über Hecken hinweg und auf den schmalen Wegen hatte noch nicht eingesetzt. Wie lange war ich jetzt eigentlich schon hier? Unmöglich zu sagen, gar nicht besonders lang, aber es fühlte sich wie eine Ewigkeit ineinanderfließender Tage an. Der Campingplatz erschien mir bereits wie eine große Einheit, wie ein Bienenstock, und ich war als ein Teil der Gemeinschaft darin aufgegangen. Wir alle existierten gemeinsam hier, wenn auch jeder und jede in seinem oder ihrem eigenen Rhythmus.

Ich musste so sehr gähnen, dass mir die Tränen in die Augen schossen. Mein Bett in Omas Wohnwagen war okay, aber nachdem die Sommersonne nun endlich da war und schon frühmorgens auf den Wohnwagen brannte, wachte ich wie in einer Sauna auf, so stickig und heiß, dass ich fast keine Luft bekam. Deshalb hatte ich mir angewöhnt, gleich aufzustehen und duschen zu gehen. Manchmal steckte ich nicht mal mehr die fünf Kronen für Warmwasser in den Automaten, sondern stand bloß einige Sekunden lang unter dem eiskalten Wasser, spürte meinen Körper wach werden und zu seiner normalen Temperatur zurückkehren.

Als ich Omas Wohnwagen beinahe erreicht hatte, entdeckte ich plötzlich Nes einige Meter oberhalb. Normalerweise lief er nur selten zwischen den Wohnwagen herum, wenn er sich überhaupt über den Platz bewegte, fuhr er meistens in seinem Transporter. Nun stolperte er rückwärts den Hang hinunter und gestikulierte dabei hektisch mit den Händen. *Gleich fällt er hin*, dachte ich. Dann entdeckte ich, warum er dermaßen hektisch herumfuchtelte. Jemand war damit beschäftigt, einen riesigen Wohnwagen rückwärts auf einen freien Platz einige Stellplätze von Omas entfernt zu bugsieren. Nes versuchte offenbar, den Fahrer zu dirigieren. Mit mäßigem Erfolg.

»Vorsichtig mitter Hecke!«, rief er und schlurfte in seinen Holzschuhen weiter rückwärts. Ihm zuzusehen war faszinierend. Nach einigen Minuten intensiven Gefuchtels wischte er sich den Schweiß mit einem Lappen aus seiner Hosentasche von der Stirn und war allem Anschein nach zufrieden mit dem Ergebnis.

»Wie groß war die Wahrscheinlichkeit, dass er hinfliegt?«, sagte plötzlich eine Stimme direkt an meinem Ohr.

Erschrocken machte ich einen Satz nach hinten. Die Szene hatte mich so gefesselt, dass ich die Person nicht bemerkt hatte, die jetzt direkt hinter mir stand. Ich drehte mich um. Es war er. Und er war sehr viel näher als beim letzten Mal, als ich ihn gesehen hatte. Mathias. Von Nahem wirkten seine Haare noch heller und er grinste breit. Ich schluckte. Spürte, dass mein Magen plötzlich in Aufruhr geriet, als ob etwas darin Purzelbäume schlüge. Ich schluckte noch einmal, hatte Angst, dass ich dem hübschesten Jungen, dem ich je begegnet war, womöglich auf die Schuhe kotzen würde. Das fehlte mir gerade noch.

»Ich habe eigentlich damit gerechnet, dass er sich richtig auf die Fresse legt«, antwortete ich schließlich mit zittriger Stimme.

»Rückwärts einen Hang runterzulaufen ist halt keine besonders gute Idee«, sagte Mathias.

»Jedenfalls nicht in Holzschuhen«, antwortete ich.

Mathias lachte. »Jedenfalls nicht in Holzschuhen«, wiederholte er.

Wir schwiegen und auf einmal wurde mir schmerzlich bewusst, wie ich aussah. Flip-Flops, nasse Haare. Dazu trug ich Shorts und Top und darüber einen kindischen Bademantel mit rosa Blumen drauf, aus dem ich längst rausgewachsen war. Außerdem hatte ich Omas Kulturbeutel mit dem hoffnungslos altmodischen Muster dabei. Vermutlich wirkte ich wie eine strange Mischung aus einer Zehn- und einer Achtzigjährigen. Ich merkte, dass ich rot wurde, megapeinlich!

»Warst du duschen?«, fragte er, als hätte er erst jetzt meinen Aufzug bemerkt.

Statt einer Antwort nickte ich nur. Besser schnell das Thema wechseln.

»Ist das euer Wohnwagen?«, fragte ich.

»Jepp! Wir haben den Platz von einer Tante von Papa oder so geerbt. Ich hab sie nie kennengelernt«, sagte er. »Aber wir hatten schon einen Wohnwagen und mein Bruder nimmt diesen Sommer an so 'nem Eishockey-Sommerlager in der Nähe teil, und ich hab auch was in Oslo zu tun. Also haben meine Eltern beschlossen, dass wir den Sommer am besten gleich auf dem Campingplatz verbringen.«

»Ach so, ich dachte, ihr wärt schon weitergefahren«, sagte ich.

Mist, warum hatte ich das gesagt? Jetzt hatte ich ihm verraten, dass ich sie beobachtet hatte, *ihn* beobachtet hatte. Aber er sagte nichts dazu, guckte mich nur an und lächelte.

»Tja, jetzt sind wir beinahe Nachbarn, was? Ist das euer Wohnwagen?«, fragte er und zeigte auf Omas Platz.

»Nicht direkt, er gehört meiner Oma. Ich bin diesen Sommer bei Oma, weil meine Eltern unser Haus renovieren, das ist auch dringend nötig, ich habe nämlich das hässlichste Zimmer der Welt, zuerst hatte ich gar keine Lust, herzukommen, aber jetzt finde ich es eigentlich ganz okay«, sagte ich.

Warum erzählte ich ihm das alles? Wenn er mich etwas fragte, schaffte ich es einfach nicht, den Mund zu halten, schaffte es nicht, nachzudenken, bevor ich redete. Es strömte nur so aus mir heraus. Dabei erzählte ich Leuten, die ich nicht kannte, sonst nie was über mich.

»Alles klar«, sagte er.

Eine Frau und ein Mann – es mussten seine Eltern sein –, waren damit beschäftigt, den Wohnwagen in die richtige Position zu schieben. Nes mimte den eifrigen Zuschauer, der zwar nicht wirklich half, aber in seinen Holzschuhen mit verschränkten Armen dastand und Instruktionen rief wie »Büsschen weiter nach links, ja!«, und dann wieder: »Vorsicht mitter Hecke!«

»Vielleicht sollte ich helfen«, sagte er.

»Vielleicht«, sagte ich.

»Ich bin übrigens Mathias«, meinte er, hatte sich plötzlich zu mir gedreht und schaute mir direkt in die Augen. Dabei streckte er mir die Hand hin, und die grünen Augen, die sich in meinen verhakten, brachten mich ganz durcheinander.

»Ich weiß«, sagte ich.

»Ja?«, fragte er.

Alter, das ist echt nicht dein Ernst! Hör sofort auf, so einen Quatsch zu labern!

Ich nahm seine Hand. Sie war warm und trocken und sein Griff angenehm fest.

»Ja?«, wiederholte er fragend und zog die Augenbrauen hoch.

Ach so, jetzt musste ich kurz und total relaxt meinen Namen nennen, aber mein Kopf war überall und nirgends und ich musste mich beinahe von seinem Blick losreißen.

»Karoline, mit K«, sagte ich und hätte mir im selben Moment auf die Zunge beißen können.

»Mit K, merk ich mir.« Er grinste, bevor er meine Hand losließ und zu seinen Eltern ging.

Auf wackligen Knien ging ich auf Omas Wohnwagen zu, von dem es nach Kaffee duftete, was bedeutete, dass sie inzwischen aufgestanden war. ›Karoline mit K‹? Wie blöd konnte man eigentlich sein? Das klang doch wie bei ’ner Vorstellungsrunde in der Schule. Und nicht, als hätte mich der süßeste Typ ever nach meinem Namen gefragt. Ich ließ mich auf einen der Stühle vor dem Vorzelt fallen und vergrub das Gesicht in den Händen. So typisch! Und sah er nicht echt unglaublich gut aus? Ich dachte an all die Male, die Emma mich mit der Frage genervt hatte, was für einen Typ ich hatte, um das damit zu vergleichen, was sie hot fand, und daran, dass ich nie eine gute Antwort gehabt hatte, weil ich mich nicht traute, ›Chrissy‹ zu sagen und damit zuzugeben, dass ich auf ältere Jungs stand, die wie ein lebendiger Ken aussahen, zumindest von Weitem.

Aber jetzt hatte ich eine bessere Antwort. Ziemlich groß mit ganz hellblonden Haaren. Knallgrüne Augen. Eine Stimme, die es im Bauch kribbeln ließ. Nicht gerade ein Ken, dafür mit Eckzähnen, die ein kleines bisschen weiter vorstanden als die Schneidezähne.

»Na so was, hier sitzt du herum?«, sagte Oma, die mit der Kaffeetasse in der Hand aus dem Vorzelt kam.

»Offenbar«, sagte ich.

»Vielleicht sollten wir dir mal einen neuen Bademantel besorgen. Der ist wohl noch aus der Zeit, als du das letzte Mal hier warst«, meinte sie schmunzelnd und lehnte sich im zweiten Stuhl zurück.

Great. Danke, dass du mich daran erinnerst, dass mich dieser megacute Typ in der scheußlichsten Klamotte der Welt gesehen hat. Aber das konnte ich jetzt auch nicht mehr ändern. Dass ich mir diesen grauenhaften Bademantel übergeworfen hatte, war allein meine Schuld.

»Das wäre schön«, sagte ich mit bemüht heiterer Stimme. »Ich glaube, ich geh rein und zieh mir was anderes an.«

Kapitel 7

Als ich wieder aus dem Wohnwagen kam – in einem grünen Sommerkleid, das ich sorgfältig ausgewählt hatte, ein bisschen schick, aber nicht zu sehr –, hatte Oma den Frühstückstisch auf der Terrasse in der Sonne gedeckt. Und genau in dem Moment, in dem ich den ersten Bissen von meinem Schnitz Wassermelone nahm, kam Mathias um die Ecke und steuerte auf uns zu.

»Hi, Karoline mit K!«, sagte er fröhlich. »Kann ich vielleicht bei euch frühstücken? Da drüben dauert es sicher noch eine Weile.« Er nickte auf den Hügel hinter unserem Wohnwagen.

Ich schluckte und schaute Oma an. Sie wirkte hochzufrieden.

»Na klar, ich hol dir einen Stuhl«, sagte sie.

Als sie wieder herauskam, gab Mathias ihr die Hand, so wie er das vorhin bei mir getan hatte, aber diesmal hätte er sich beinahe auch noch verbeugt. Oma war richtiggehend entzückt, hielt seine Hand lange in ihrer und lachte über etwas, das niemand gesagt hatte.

Ich reichte Mathias, der sich in der Zwischenzeit gesetzt hatte, die Platte mit der Wassermelone. Er bediente sich und hielt eine Dose mit Plastikdeckel hoch.

»Mama ist immer auf alles vorbereitet«, sagte er. »Auf keinen Fall darf das Frühstück ausfallen, selbst dann nicht, wenn wir umziehen.«

Er verdrehte die Augen und ich schaffte es nicht, den Blick von ihm abzuwenden. Oma und er plauderten miteinander, als wären sie alte Bekannte.

Dass er einfach so zu uns kam und fragte, ob er bei uns frühstücken konnte! Und dann die belegten Brote aus seiner Dose mampfte und sich wie selbstverständlich mit Oma unterhielt, obwohl er sie gar nicht kannte. Ich aß Melone, trank Orangensaft und hörte Oma zu, wie sie von Mathias' Verwandter erzählte, der der Stellplatz zuvor gehört hatte. Mathias stellte höfliche Fragen und spähte zwischendurch zu mir rüber, mit so was wie Neugier im Blick, und jedes Mal merkte ich, wie mir die Hitze in die Wangen stieg. Wie schaffte er das bloß? Für ihn schien das total einfach, mühelos, zu sein. Irgendwo reinspazieren, mit fremden Leuten reden, als wäre es das Normalste auf der Welt, man selbst zu sein.

Ich dagegen saß wie auf heißen Kohlen und die Wassermelone, auf der ich herumkaute, schmeckte nach nichts, so verzweifelt dachte ich darüber nach, was ich sagen könnte. Ohne wieder so loszubrabbeln wie vorhin.

»Ich muss mal …«, sagte ich, stand schnell auf und verschwand im Wohnwagen. In dem kleinen Bad, in dem alles aus beigefarbenem Plastik bestand, starrte ich mein Spiegelbild an und versuchte, tief in den Bauch zu atmen. Warum war plötzlich alles so schwierig, nur weil Matthias wie aus dem Nichts aufgetaucht war? Er war doch nur irgendein Junge. Mit Norah konnte ich schließlich auch ich selbst sein, obwohl ich sie gerade erst kennengelernt hatte. Es gab keinen Grund, weshalb das mit Mathias nicht auch gehen sollte.

Aber meine Hände zitterten, ich traute ihnen nicht, ich traute mir selbst nicht.

»Lass den Scheiß!«, flüsterte ich mir im Spiegel zu. Zu allem Überfluss hatte ich auch noch einen ordentlichen Sonnenbrand auf der Nase, denn nein, natürlich reichte es nicht, dass Mathias mich im scheußlichsten Aufzug aller Zeiten und mit nassen, zerzausten Haaren gesehen hatte. Die Haut auf der Nase hatte begonnen, sich abzulösen, und nachdem ich gestern Abend daran herumgeknibbelt hatte, sah der Sonnenbrand jetzt noch schlimmer aus.

Ich schmierte Omas getönte Sonnencreme drauf, doch sie zog an den verletzten Stellen nicht richtig ein und brannte fürchterlich. Also rieb ich sie wieder ab und nachdem ich mir mit einem Handtuch durchs Gesicht gewischt hatte, war es röter als zuvor.

Ich sagte noch mal »Lass den Scheiß!«, diesmal etwas lauter, traf meinen eigenen Blick im Spiegel und versuchte, ihn so festzuhalten, wie Mathias es vorhin mit meinem getan hatte, doch das war nicht dasselbe.

Als ich wieder nach draußen kam, war Norah gerade auf dem Weg zu uns. Sie schaute erst auf, als sie schon ziemlich nah war, und als sie Mathias entdeckte, hielt sie inne und schien unsicher zu sein, ob sie näher kommen sollte.

»Hi Norah!«, rief ich schnell und sie kam auf die Terrasse.

»Das ist Mathias«, sagte ich und zeigte auf Mathias, der aufgestanden war, um auch Norah feierlich die Hand zu reichen.

»Norah«, sagte Norah und warf mir einen What-the-fuck-ist-hier-los-Blick zu, indem sie eine Augenbraue hochzog. Ich zuckte rasch mit den Schultern, um ihr zu bedeuten, dass ich nicht zwangsläufig mehr verstand als sie.

»Ich hab das Frühstück von Karoline mit K und Berit gecrasht«, sagte Mathias.

»Okay, *sehr* schön, dich kennenzulernen«, sagte Norah und schob sich mit der freien Hand eine Locke hinters Ohr, während ihre andere immer noch Mathias' festhielt. Sie schaute ihn in einer Tour an und lächelte. Es sah nicht so aus, als wollte sie seine Hand so schnell wieder loslassen.

Schließlich war es Mathias, der seine Hand zurückzog, und Norah wandte sich mir zu.

»Ich wollte dir nur Bescheid sagen, dass wir heute einen Ausflug nach Oslo machen, war so 'ne Spontanidee von meinen Eltern. Keine Ahnung, wann wir zurück sind, und ich hätte dich gern gefragt, ob du mitwillst, aber …«

»Aber du hast zwei Geschwister und ihr habt keinen Platz im Auto«, vervollständigte ich ihren Satz und spürte einen Anflug von Neid.

»Ja, genau«, sagte Norah. »Aber vielleicht sehen wir uns heute Abend?«

»Ja«, sagte ich.

»Bist du auch dabei, Mathias?«, fragte sie an ihn gewandt. Er hatte gerade von seinem Brot abgebissen und nickte als Antwort.

»Viel Spaß in Oslo!«, sagte ich.

Norah winkte und verschwand wieder den Hügel hinab, in Richtung des Autos, in dem ihre Familie auf sie wartete.

Ich nahm mir eine Scheibe Brot und goss Saft nach, gab mir Mühe, so zu tun, als wäre alles ganz normal, obwohl nur einen Meter von mir entfernt Mathias am Tisch saß. Wenn ich uns von Weitem hätte sehen können, zum Beispiel aus einem Heißluftballon, hätte ich drei Menschen gesehen, die zusammen frühstückten, zwei junge und einen älteren, völlig normal und kein Grund zur Panik.

»Was habt ihr heute vor?«, fragte Oma und als ich zu ihr schaute, zwinkerte sie mir mit einem Auge zu. So was von diskret. Danke, Oma, das war überhaupt nicht cringe.

»Ich dachte, Karoline könnte mir den Platz zeigen.« Mathias guckte mich an.

»Meinst du echt?«, antwortete ich und trank meinen Saft aus.

»Ich bin doch neu hier, da kann ein erfahrener Guide nicht schaden.«

»Klar, ich zeig dir gern alles. Bloß schade, dass es jetzt schon zu spät ist, um Olsen zu beobachten, wie er nackt auf die Terrasse kommt, um seine Badehose anzuziehen«, sagte ich schnell.

Hinter ihrer Brille zog Oma die Augenbrauen hoch. »Was hast du da gerade gesagt?«, fragte sie.

»Echt jetzt? Also völlig nackt?«, fragte Mathias und ich nickte.

Mathias lachte und Oma stand der Mund offen.

»Ach du liebes bisschen«, sagte sie und schlug die Hände zusammen.

»Das kannst du laut sagen.« So langsam fühlte ich mich wieder wie ich selbst.

»Was soll ich mitnehmen?«, fragte Mathias. Er stand auf.

»Wie wär's mit Schuhen?«

»Yes, Sir«, sagte er und hob die Hand an die Stirn wie zu einem militärischen Gruß. Dann verbeugte er sich vor Oma und bedankte sich für das Obst. »Bin sofort wieder da.« Er eilte in Richtung seines Wohnwagens.

»Ja, ja«, sagte Oma.

»Ja, ja?«, fragte ich, sobald ich meine Stimme, meine Hände und überhaupt alles wieder unter Kontrolle gebracht hatte. Der ganze Tag lag vor uns und Mathias wollte ihn mit mir verbringen, nur mit mir.

»Ja, ich glaube, das wird schön.« Oma lächelte. »Aber nicht zu fassen, dass Olsen auf seiner Terrasse blankzieht. Und ich wusste das nicht!«, fügte sie hinzu und schüttelte den Kopf.

Kapitel 8

Mathias kannte noch so gut wie nichts vom Campingplatz. Als Norah und ich ihn das erste Mal in der Prärie gesehen hatten, war seine Familie gerade erst angekommen, und am Tag danach waren sie von morgens bis abends unterwegs gewesen, erzählte er.

»Ah, wart ihr in Oslo?«, fragte ich.

»Ja, genau«, sagte Mathias, fügte aber nichts weiter hinzu.

»Habt ihr jemanden besucht oder habt ihr da Freunde?«

»Nein, nicht so richtig. Es war mehr so eine … na ja, Jobsache.« Mathias kickte in die Kiesel vor dem Sanitärgebäude, an dem wir gerade vorbeigingen.

»Was für eine Jobsache?«

»Ist ja schrecklich, wie du mich ausfragst«, sagte er gut gelaunt.

»Sorry.« Ich bekam schon wieder einen roten Kopf.

Ich spürte die Unsicherheit im Bauch, sicher fand er mich anstrengend, weil ich so viel fragte. Jetzt schon. Und ausgerechnet, wo gerade alles so gut lief.

»Ist schon okay. Es ist bloß so eine Art Ferienjob«, sagte er.

»Ach so. Musst du jeden Tag dorthin?«

»Nein, nur ab und zu. Jede zweite Woche oder so.«

»Du hast dir einen Ferienjob super weit weg von zu Hause gesucht und dann musst du nur so selten hin?«

»Guter Punkt«, sagte er bloß und schob die Hände in die Taschen seiner Shorts.

Ob er sauer war? Nein, ein Lächeln lag auf seinen Lippen und er pfiff irgendeinen Song, den ich nicht kannte. Und ich? Ich wollte alles über ihn erfahren.

»Was ist das für ein Job? Was machst du da? Verdienst du Geld damit? Ich kenne jemanden, der jeden Sommer in einer Eisfabrik jobbt, da ist es saukalt und er geht in Winterjacke hin und …«

Ich hielt inne. Mathias entfernte sich von mir. Er spazierte ein paar Schritte weg und obwohl ich mir ziemlich sicher war, dass er mich gehört hatte, tat er, als wäre nichts gewesen und reagierte nicht. Dass ich es nicht schaffte, mal ein bisschen nachzudenken, bevor ich drauflos plapperte! Bestimmt nervte ihn das und ich war selbst schuld, weil ich viel zu neugierig war. An dem steilen Hang, der zum Wasser hinunterführte, blieb er stehen. Zögernd folgte ich ihm und stellte mich neben ihn.

»Meinst du, man kommt von hier aus zum See?«, fragte er.

»Sieht nicht danach aus«, antwortete ich.

»Ich wusste gar nicht, dass es hier oben auch Hütten gibt«, sagte Mathias.

Und dann gingen wir weiter.

Ich führte ihn über den Platz und erklärte ihm alles, an was ich mich von Norahs Vorträgen erinnerte. Zeigte auf dieselben Leute, die sie mir gezeigt hatte, nur das, von dem ich mir nicht ganz sicher war, ob es stimmte, ließ ich aus. So wie das mit dem dicken Mann mit dem großen Hund, der angeblich seine Frau ermordet hatte. Er saß immer noch unter seinem rosa Plastiksonnenschirm und legte Patiencen.

Mathias lachte, wenn ich versuchte, lustig zu sein, fragte interessiert nach und erzählte mir alles Mögliche. Seine Familie kam aus Nordnorwegen, sie waren mehrere Tage unterwegs gewesen und hatten auf verschiedenen Campingplätzen übernachtet, bis sie hier angekommen waren.

»Aber keiner davon war so cool wie der hier«, sagte er.

»Echt?«, fragte ich bloß und verkniff mir die Bemerkung, dass es hier nicht besonders cool gewesen war, bis er kam.

Was ich sonst noch über Mathias erfuhr, während wir eine Runde an den großen Hütten vorbei, über den Spielplatz, hoch zur Rezeption und zurück drehten: Wir waren gleich alt, er hatte im März Geburtstag und ich im Dezember. Er hatte einen Bruder, der sechs Jahre jünger war und den Sommer zum Teil im Eishockey-Sommerlager und zum Teil in ihrem Wohnwagen verbrachte. Mathias spielte gern Fußball und PlayStation, mochte Mathe und Englisch, Pfannkuchen und Grillfleisch. Und Musik. Beim Abschlussfest vor den Sommerferien war er mit seiner Band, in der außer ihm noch drei andere waren, vor der ganzen Schule aufgetreten. Er spielte Klavier. Dass es da, wo er wohnte, nie so richtig Sommer wurde, selbst wenn die Sonne rund um die Uhr schien, fand er doof. Und er hatte ein bisschen Angst vor Hunden und vorm Fliegen.

»Weißt du schon, was du später mal machen willst?«, fragte ich.

»Nee, nicht so richtig«, sagte Mathias. »Ich kann mir eine ganze Menge vorstellen.«

»Vielleicht wirst du ja Sänger«, meinte ich. »Wo du doch schon eine Band hast und so.«

»Das wäre natürlich sehr cool«, sagte er und blinzelte gegen die Sonne an.

Eine ganze Weile saßen wir auf dem Spielplatz auf den Schaukeln. Mathias ließ sich so weit zurückfallen, dass seine blonde Mähne beinahe über den Boden fegte, und ich musste lachen.

»Waaas, hast du das als Kind nie gemacht?«, fragte er und holte mehr Schwung, während er den Kopf noch weiter nach unten hängen ließ.

Es sah witzig aus, als ob der lange Körper gleich mit dem Kopf zuerst von der Schaukel fallen würde. Trotzdem lehnte ich mich ebenfalls zurück und machte es ihm nach. Ich schloss die Augen, in meinem Bauch kribbelte es wie wahnsinnig. Als würde ich nicht auf einer kleinen Schaukel einen halben Meter über dem Boden hängen, sondern auf einem Karussell hoch in der Luft.

»Pass auf, dass du keine Ameisen in die Haare kriegst«, sagte eine Stimme über mir.

Ich schlug die Augen auf. Da stand Mathias, schirmte die Augen gegen die Sonne ab und blickte auf mich hinunter. Ich grinste und schüttelte die Haare, spürte, wie sie den Boden berührten, und dachte, dass die Gefahr, Sand in die Haare zu kriegen, wohl die größere war, und wie lange wollte er eigentlich noch so auf mich runtergucken?

Als wir den schmalen Pfad zum Badeplatz runtergingen, musste ich wieder anhalten, um den kalten, weichen Sand, auf dem wir liefen, zwischen den Fingern durchrieseln zu lassen. Mathias war vor mir und drehte sich um, als er merkte, dass ich ihm nicht mehr folgte.

»Was ist los?«

»Ich muss unbedingt den Sand anfassen«, sagte ich.

Mathias hockte sich hin, um ebenfalls in den Sand zu fassen. »Crazy«, sagte er. »Das fühlt sich ja an wie … als würde man einen winzigkleinen Hundewelpen streicheln oder so. So was Weiches hab ich noch nie angefasst.«

»Ja, oder?« Ich beobachtete ihn heimlich, wie er mit den Händen durch den Sand fuhr. Sein blonder Pony fiel ihm in die Augen und auf seinen Lippen zeigte sich ein Lächeln.

»Ich glaube, das ist das Beste, was du mir bisher gezeigt hast«, sagte er, als wir wieder aufstanden.

»Mhm«, meinte ich nur. Und dachte daran, wie gut es war, dass niemand die Gedanken der anderen lesen konnte. Gerade fühlte es sich nämlich so an, als würde jemand in meinem Kopf ununterbrochen seinen Namen rufen. MATHIAS MATHIAS MATHIAS MATHIAS.

»Wie heißt du eigentlich mit Nachnamen?«, fragte ich, als wir den Steg erreicht hatten und die Füße ins Wasser baumeln ließen. Das mit den Blutegeln, was Norah mir erzählt hatte, hatte ich nicht erwähnt. Sie hatte ja gesagt, dass es heute eh keine mehr gäbe. Vorsichtshalber ließ ich meine weißen Beine unter der Wasseroberfläche aber trotzdem nicht aus den Augen.

»Lund«, sagte Mathias. »Voll der spannende Nachname. Sorry, dass ich nichts Besseres zu bieten hab. Aurelius wäre cool.«

»Du kannst dir ja einen Künstlernamen zulegen«, schlug ich grinsend vor.

»Du meinst also, Mathias Lund taugt nicht als Künstlername?«

»Doch«, sagte ich. »Der Name ist zumindest kurz. Er passt also in die Schlagzeilen der Zeitung, ›Mathias Lunds Comeback‹ oder so.«

Mathias lachte leise. »Und wie heißt du? Hat dein Name auch Schlagzeilen-Potenzial?«

»Hansen. Karoline Hansen. Aber nee, ich glaub nicht, dass ich Schlagzeilen-Potenzial hab, ich bin eher die, die auf Seite 37 ganz unten erwähnt wird.«

»›Karoline Hansen war gestern Abend nach dem fürchterlichen Verbrechen auf dem Campingplatz Hersjøen als Erste vor Ort‹«, sagte Mathias mit Fake-Reporterstimme.

»Haha, sehr lustig.«

»›Mathias Lund hat als einziger Mensch in den letzten 30 Jahren ein neues Phänomen am Sternenhimmel entdeckt. Karoline Hansen half ihm dabei‹«, sagte er mit derselben Stimme.

Ich lachte und schaute ins Wasser. Keine Blutegel weit und breit.

»Genau so«, sagte ich. »Du bekommst die Schlagzeile, ich bin der Sidekick.«

»Wunderbar«, sagte Mathias.

»Aber was soll das mit dem Phänomen am Sternenhimmel?«

»Tja, keine Ahnung, aber meinst du nicht, es wäre cool, das zu erforschen? Also alles, was es da draußen gibt? Ich finde schon.« Mathias schaute nach oben.

Ich blinzelte zum Himmel hoch, auch wenn es jetzt gerade keine Sterne zu sehen gab. Klar, es war ja auch mitten am Tag und wolkenlos. Mathias saß neben mir, aber nicht so nah, dass wir uns berührten, er roch leicht nach Weichspüler und etwas Parfümiertem, vielleicht war das sein Deo.

»Wenn du Forscher werden willst, ist es gut, dass du Mathe magst«, sagte ich.

»Mhm. Was willst du später machen? Wenn du Norwegisch und Englisch magst, vielleicht kommst du dann zwar nicht *in* den Artikeln vor, aber schreibst sie?«

Ich zuckte mit den Achseln. »Findest du es nicht auch irgendwie krass, dass wir uns bald für einen *Beruf* entscheiden müssen, wo wir sonst fast nix entscheiden dürfen?«, fragte ich. »Ich mein, ich durfte nicht mal entscheiden, wo ich den Sommer verbringen will.«

»Nein?«

»Nein, du doch auch nicht. Ihr seid doch wegen des Eishockey-Lagers deines Bruders hier, oder?«

»Nicht nur deshalb«, sagte Mathias und fügte schnell hinzu: »Aber ich versteh, was du meinst.«

»Ihr bleibt auf jeden Fall den ganzen Sommer, oder?« Ich gab mir Mühe, mir nicht anmerken zu lassen, wie viel Hoffnung in dieser Frage lag.

»Jepp! Also, ich muss noch ein paar Mal nach Oslo, für meinen Job, aber ansonsten sind wir hier«, sagte Mathias.

»Was für ein Job ist das denn? Vielleicht kann ich ja mal mitkommen«, sagte ich leichthin.

Mathias zog eine Grimasse. »Das geht leider nicht. Aber du, was war das eigentlich mit diesem nackten Nachbarn?«

Er wollte mir immer noch nicht erzählen, was für einen Sommerjob er hatte. Aber dafür war später ja noch genügend Zeit. Das Wichtigste war ohnehin, dass sie hierbleiben würden. Dass er hierbleiben würde. Mathias Lund war gekommen, um zu bleiben. Auf dem Campingplatz und in meinen Gedanken.

Kapitel 9

Wir waren nicht verabredet, trotzdem überraschte es mich nicht, dass Norah auftauchte, als Oma und ich gerade mit dem Frühstück fertig waren. Sie trug ein neues Top, das sie in Oslo gekauft hatte, mit Batikmuster in Neonfarben, und von ihren Ohren baumelten Ohrringe in Form kleiner Schlangen.

»Du siehst mega aus«, sagte ich und meinte es so. Im Vergleich dazu fühlte ich mich unscheinbar, aber in Neonfarben rumzulaufen, hätte ich mich nicht getraut. Oder höchstens hier auf dem Campingplatz, wo vermutlich niemand auch nur eine Augenbraue heben würde.

Kurz darauf kam Mathias und auch das wunderte mich nicht besonders. Es fühlte sich irgendwie selbstverständlich an, wie er um die Ecke stürmte und sich mit der Hand durchs Haar fuhr, während er uns begrüßte. Norah schien nicht so recht zu wissen, was sie mit ihren Händen anstellen sollte, und entschloss sich schließlich, sie vor der Brust zu verschränken.

»Ähm, ich wusste nicht, dass ihr verabredet seid«, sagte sie.

»Sind wir nicht«, meinte Mathias. »Aber ich hab dich vorbeikommen sehen und dachte, wir könnten vielleicht schwimmen gehen?«

»Wir ... also, ich auch?«, fragte Norah.

»Na klar.« Mathias lächelte sie an und Norah strahlte zurück.

»Ist das Wasser nicht noch voll kalt?«, fragte ich.

»Lass es uns rausfinden«, sagte Norah.

»Alles klar, ich zieh mich um und dann treffen wir uns in zehn Minuten hier, okay?«

»Okay«, sagte Mathias und machte auf dem Absatz kehrt.

»Bis gleich!«, rief Norah und verschwand den Hügel hinunter.

»Anschwimmen, wie schön«, sagte Oma und nahm einen Schluck Kaffee.

»Ich glaub nicht, dass ich reingeh, ich wette, es ist noch zu kalt«, sagte ich.

»Ja, ja, das erste Bad des Sommers.« Sie lächelte.

Ich erwiderte ihr Lächeln und ging dann rein, um mir meinen Bikini anzuziehen und ein Handtuch und Sonnencreme einzupacken. Im winzigen Spiegel des engen Badezimmers konnte ich so gerade meinen Oberkörper sehen. Mein Bikini war grün und meine Haut so blass, dass sie ebenfalls grünlich wirkte. Vielleicht lag das aber auch nur an dem grellen Licht in dem kleinen Plastikbad. Ich versuchte, mich auf die Zehenspitzen zu stellen, hüpfte sogar ein bisschen, um erkennen zu können, wie das Bikiniunterteil saß. Als ich wieder aufkam, wackelte der ganze Wohnwagen.

»Alles in Ordnung, Karoline?«, rief Oma.

»Ja, alles gut!«

Dann halt kein Gehüpfe mehr. Ich musste mich einfach drauf verlassen, dass mein Bikinihöschen nicht gerissen war oder so, seit Mama und ich den Bikini gekauft hatten, und auch sonst nichts völlig Wildes mit meinem Unterleib passiert war. Ich atmete tief ein, bis in den Bauch, und ruhig wieder aus, so wie Mama es beim Yoga gelernt und mir gezeigt hatte. Das Ausatmen klappte nicht gleichmäßig und bei dem Gedanken, halb nackt vor Mathias zu stehen, grummelte mein Bauch nervös. Okay, auch vor Norah, sie war kleiner als ich, hatte aber weiblichere Formen und wirkte irgendwie so gelenkig. Als ob sie Gymnastik machen würde. Ich dagegen war einfach nur ... flach. Und zwar überall, wo man sich nicht wünschte, flach zu sein.

»Karoline! Sie sind da!«, rief Oma zu mir in den Wagen.

»Ich komme!«

Ich legte meine Sonnenbrille und ein Buch in meine Netztasche, zog Shorts und ein Top über den Bikini und ging raus.

»Hier«, sagte Oma und drückte mir eine verschlossene Dose sowie eine Flasche Limo in die Hand. »Ein bisschen Obst«, erklärte sie, »das könnt ihr euch teilen.«

»Vielleicht.« Ich nahm die Dose entgegen. Norah feixte.

Und dann gingen wir zum See. Die Sonne stand schon hoch am Himmel, es würde warm werden. Fast alle Dauercamper, an denen wir vorbeikamen, saßen draußen vor ihren Wohnwagen, entweder unter großen Sonnenschirmen oder vor Ventilatoren, die auf Hochtouren liefen. Eine Frau hatte sogar die Füße in ein kleines Planschbecken gestellt und fächelte sich mit einem Rätselheft Luft zu.

»Wisst ihr was? Gestern Abend hat irgendein Typ im Sanitärgebäude der Männer *gesungen*«, sagte Norah und zog die Augenbrauen hoch.

»Okay«, sagte ich.

»Findet ihr das nicht komisch? Das ist doch nicht normal, oder?«

Ich zuckte die Schultern. »Ja, schon ein bisschen weird. War er laut?«

»Aber so was von! Ich hab ihn gehört, als ich von der Toilette kam. Ich bin dann auf der Treppe stehen geblieben und hab ein bisschen durchs Fenster zugehört. Und dann war ich so neugierig, dass ich reingegangen bin, um rauszufinden, wer es ist.«

»Du bist echt zu den Männern reingegangen?! Wer war's denn?«

»Tja, hab ich nicht rausgekriegt. Der Gesang kam nämlich aus den Duschen. Und *da* konnte ich ja nun wirklich nicht rein.«

Ich kicherte. Mathias war ganz still.

»Was hat er denn gesungen? Eine Opernarie?«

»Nein, nein, klang richtig gut, es war dieser Song, den sie gerade überall spielen, so … nananaa na na naa na naa …« Norah summte, aber zumindest ich hatte keine Ahnung, welches Lied das sein sollte.

»Hab ich noch nie gehört, ich krieg aber auch nie neue Musik mit«, sagte ich. »Hast du den schon mal gehört, Mathias?«

Mathias schien angestrengt nachzudenken. »Aber es klang gut?«, fragte er Norah.

Norah nickte eifrig.

»Voll! Hoffentlich singt er noch mal. Nächstes Mal geh ich rein«, sagte sie.

Mathias lachte. »Vielleicht nicht so 'ne gute Idee, wenn er wirklich unter der Dusche steht«, sagte er.

»Stimmt. Ich hab nicht drauf geachtet, ob Wasser lief.«

Als wir zum Strand kamen, waren tatsächlich schon ein paar andere da. Trotzdem gab es noch mehr als genug Platz und wir legten unsere Handtücher fast ganz oben bei den Bäumen hin, ich meins in die Mitte, Mathias und Norah ihre rechts und links von mir.

»Wer zuerst drin ist!«, rief Mathias und zog sich das T-Shirt über den Kopf. An den Armen und am Hals sah man, bis wohin es gereicht hatte, und er merkte, dass ich ihn beobachtete.

»Bist du auf diese Muskeln hier aus?«, fragte er und spannte den Bizeps an.

Ich grinste. »Ich hatte eher deine Badeshorts im Blick«, sagte ich und nickte in Richtung seiner Badehose, die irgendwann mal knallbunt gewesen sein musste, inzwischen aber durch Sonne, Salz und Chlor verblichen war. Sie erinnerte mich an die Badehosen, die Papa auf Fotos aus den 1990ern anhatte.

Mathias tat beleidigt. »Du disst also meine Shorts? Pass bloß auf, ich werf dich gleich ins Wasser«, sagte er und machte Anstalten, mich hochzuheben.

»Nein, nein! Ich ergebe mich! Ich hab noch nie so schöne Badeshorts gesehen!«

»Mama hat schon mehrmals eine neue angeschleppt, weil sie die hier so hässlich findet. Aber, tja, es ist einfach die beste«, sagte Mathias, lief zum Steg und sprang in den See. Als er wieder auftauchte, keuchte er laut und schwamm schnell zum Ufer.

»So warm war das Wasser wohl doch nicht, was?«, fragte Norah, als er zu uns zurückkam und sich in sein Handtuch wickelte.

71

Er schüttelte seine Haare über meinen Schultern aus. Auf meiner sonnenwarmen Haut fühlten sich die Wassertropfen eiskalt an.

»Hab ich nicht gesagt, dass ich nicht schwimmen gehen werde?«, sagte ich und legte mich auf meinem Handtuch auf den Rücken. Das Top hatte ich ausgezogen, aber die Shorts anbehalten.

Mathias breitete sein Handtuch wieder neben meinem aus und ließ sich ebenfalls auf den Rücken fallen. Dann legte er seine kalte Hand auf meinem Oberarm und ließ sie einfach dort liegen. Ich drehte den Kopf zu ihm.

»Ich muss mich unbedingt aufwärmen. Und du bist warm«, erklärte er und ich sagte nichts dazu. Spürte nur, wie seine kalten Fingerspitzen langsam wieder normale Temperatur annahmen. Doch sie fühlten sich auf meiner Haut immer noch wie elektrisch an.

»Karoline, dein Handy klingelt«, sagte Norah und zeigte auf mein Strandnetz.

Ich setzte mich auf und angelte das Telefon heraus. Es war Emma. Wir hatten nicht mehr miteinander gesprochen, seit ich gebettelt hatte, sie solle herkommen. Zwar hatte ich danach, als die einzige Hoffnung, dass es in Hersjøen spannender werden könnte, noch darin bestanden hatte, Emma zu einem Besuch zu überreden, noch ein paar Mal daran gedacht, sie anzurufen. Aber dann hatte ich es irgendwie vergessen. Und gerade passte ein Anruf von ihr überhaupt nicht. Wäre es nicht auch fast ein bisschen unhöflich gegenüber Mathias und Norah gewesen, jetzt mit ihr zu sprechen?

»Ich ruf später zurück«, sagte ich und legte das Handy weg.

Norah hatte eine kleine Boom-Box aus ihrer Tasche geholt und drückte jetzt auf Play. Die Box plärrte in voller Lautstärke los und die Mutter der Familie neben uns warf uns einen bösen Blick zu.

»Okay, okay, ich stell ja schon leiser«, sagte Norah und drehte die Lautstärke ein ganzes Stück runter, bevor sie sich ebenfalls auf ihr Handtuch legte.

Sie trug eine Sonnenbrille und sang den Song mit, der aus dem Lautsprecher dröhnte. Mathias guckte in den Himmel und sah aus, als würde er mal wieder intensiv über irgendetwas nachdenken. Dabei trommelte er mit den Fingern im Takt der Musik auf seine Brust.

»Woran denkst du?«, fragte ich und bereute die Frage sofort. Ging mich schließlich nichts an.

»Nichts Besonderes, alles und nichts«, sagte er.

»Okay.«

Er drehte den Kopf zu mir und lächelte. Es sah aus, als wollte er noch was sagen.

»Der ist es! Das ist der Song, den der Typ gestern Abend in der Dusche gesungen hat!«, rief Norah plötzlich und drehte den Ton wieder lauter.

Ich kannte das Lied nicht, aber es war definitiv mitreißend. Norah sang mit, einen völlig falschen Text, und sie traf auch nicht alle Töne, aber das schien sie nicht vom Singen abzuhalten.

Ich lachte und drehte mich wieder zu Mathias. Er trommelte den Takt mit den Fingern auf seine Brust und hatte die Augen geschlossen.

»Hast *du* den Song schon mal gehört?«, fragte ich.

»Nope«, sagte er und schüttelte den Kopf.

Ich blieb auf der Seite liegen und guckte Mathias an, ungestört, denn er wusste ja nicht, dass ich ihn ansah. Die scheußliche Badehose, die schon fast wieder trocken war, seine langen Finger mit den abgekauten Nägeln, der blonde Pony, den er zurückgekämmt hatte. Seine Lippen sahen so weich aus und über der Oberlippe hatte er ganz hellen Flaum. Und er hatte gerade nicht die Wahrheit gesagt, als ich ihn nach dem Song gefragt hatte, denn nun formten seine Lippen Wort für Wort, fehlerfrei.

Kapitel 10

Nachdem wir den kompletten Tag am Strand verbracht hatten, trennten wir uns in Beverly Hills, um mit unseren Familien zu Abend zu essen. Mein Kopf war schwer und leicht zugleich. Schwer von der Sonne und dem konstanten Dröhnen der Musik, die Norah unbedingt hatte hören wollen, und weil ich zu wenig getrunken hatte. Im Wasser war ich auch nicht gewesen, deshalb war mir jetzt ziemlich warm und Kopf und Körper fühlten sich dösig und schwer an. Aber da war auch eine große Leichtigkeit. Immer wenn ich an Mathias dachte, kam mir mein Kopf wie ein Luftballon vor. Ein mit Helium gefüllter Luftballon.

Seine kalte Hand auf meinem Arm. Wie er sich mit der Hand durch den Pony gefahren war, als wir Yatzy spielten und wie sich seine Augenbrauen zusammenzogen, wenn er überlegte, was er mit seinem Wurf anfangen sollte. Mehrmals hatte ich wegschauen müssen, weil er mich dabei erwischt hatte, wie ich ihn anstarrte. Zum Glück lächelte er dann nur. Und er schaute mich auch an. Es kam mir vor, als könnte ich gar nicht genug gucken. Als müsste ich mich immer wieder davon überzeugen, dass er wirklich da war, hier, mit uns.

Ich ließ mich aufs Sofa im Vorzelt fallen und meine Netztasche auf den Boden. Im selben Augenblick begann es darin zu vibrieren. Ich kramte das Handy raus, es war Emma, die noch mal anrief. Eigentlich hatte ich keine Lust, mit ihr zu telefonieren. Aber immerhin war sie meine beste Freundin.

»Hi«, sagte Emma. »Na, gibt's neuen Camping-Gossip?«

Ich holte Luft. Als wir das letzte Mal telefoniert hatten, also als ich sie das letzte Mal erreicht hatte, hatte ich nichts von Mathias erzählt, oder?

»Hmmmnein, nichts Spannendes«, antwortete ich.

Ich überraschte mich selbst. Ausgerechnet jetzt, wo ich doch etwas zu berichten gehabt hätte. Warum erzählte ich ihr nicht von dem, worüber ich gerade nachgedacht hatte? Von Mathias und seinen Haaren, seinen Armen und seinen Fingern und dem Heliumballon in meinem Kopf? Hätte Emma mir nicht auch davon erzählt, wenn sie so etwas erlebt hätte?

»Tja, das war ja zu erwarten, du meintest ja, dass fast nur alte Knacker auf dem Platz sind.« Emma kicherte.

»Es gibt hier auch ein paar Leute in unserem Alter«, sagte ich und hatte plötzlich das Bedürfnis, den Campingplatz in Schutz zu nehmen.

»Okay, aber hast du was zu tun? Was machst du die ganze Zeit?«

»Was meinst du damit, ich mein, was machst *du* denn die ganze Zeit?«, sagte ich ärgerlich. Mein Kopf fühlte sich wieder schwer an.

»Na ja, letztens sind wir ja zu dieser Insel rausgefahren, das hab ich dir doch erzählt?«

»Ja, hast du«, sagte ich und versuchte, herauszufinden, ob ich neidisch war, weil sie sich die Nächte mit der Clique um die Ohren schlug, die wir früher von Weitem bewundert hatten. Nein. Ich spürte nichts.

»Aber ich hab überlegt, ob ich dich bald mal besuchen komm. Sieht ja echt so aus, als müssten wir mal ein bisschen Action auf deinen Campingplatz bringen«, sagte Emma.

»Echt? Und was ist mit Sagen und seinen Jungs?«

»Der fliegt für zwei Wochen mit seiner Family in die Sonne. Übermorgen reisen sie ab.«

»Ah, okay.«

»Mhm.«

Emma wollte mich also doch sehen. Jedenfalls, wenn sie gerade keine bessere Alternative hatte.

»Ich muss Oma fragen«, log ich. »Der Wohnwagen ist ziemlich klein, ich weiß nicht, ob wir Platz für dich haben.«

»Oh. Hast du nicht gesagt, ihr habt so ein Sofa im Vorzelt? Könnte ich da nicht pennen? Das macht mir nichts«, sagte Emma und ich wusste, dass es stimmte. Auch wenn ihre Familie reich war, war sie kein Snob. Aber ich hatte einfach keine Lust mehr, dass sie zu Besuch kam.

»Mhm, aber weißt du, Oma macht sich ziemlich viele Sorgen, dass irgendwas passieren könnte, ich glaub nicht, dass sie für noch jemanden die Verantwortung tragen will«, sagte ich. Noch eine Lüge.

»Willst du nicht mehr, dass ich dich besuchen komme?«

»Doch, klar.«

»Hört sich aber nicht so an«, sagte Emma.

Ich wusste nicht, was ich darauf antworten sollte.

»Ich mein, ich kenn deine Oma doch. Es ist ein bisschen komisch, dass sie angeblich plötzlich so dagegen ist, wo du letztens gesagt hast, sie würde mich sogar vom Zug abholen?« Emma klang verletzt.

»Ja, sie hat sich halt umentschieden. Ich glaub nicht, dass es klappt«, sagte ich.

»Okay. Ich hab's kapiert. Offenbar ist es plötzlich voll schwierig, das hinzubekommen.«

»Mhm«, sagte ich.

»Tschüss, bis bald«, sagte Emma.

Diesmal war ich es, die auflegte, ohne sich richtig zu verabschieden.

Kapitel 11

Nach und nach kapierte ich, dass womöglich auch Norah Mathias mochte. Also so richtig, genau wie ich. Ich mochte ihn immer mehr. Anfangs hatte ich noch gedacht, dass ich ihn mochte, wie man einen guten Freund halt mag. Aber so war es nicht. Ich beobachtete ihn und stellte mir vor, wie es wäre, meine Finger durch seine Haare gleiten zu lassen, oder wie es sich anfühlen würde, diese Lippen zu küssen. Wenn wir nebeneinander zum See liefen oder zur Rezeption, dachte ich darüber nach, wie leicht es wäre, einfach seine Hand zu nehmen. Wir könnten händchenhaltend über den Camping-platz laufen, als wäre es das Natürlichste der Welt. Und jedes Mal, wenn er mich zufällig berührte oder wir so dicht neben-einandersaßen, dass unsere Oberschenkel oder Knie aneinan-derstießen, überlegte ich, was das zu bedeuten hatte. Auch wenn es sicher überhaupt nichts bedeutete. Abends vor dem Einschlafen zählte ich jetzt immer die Zeichen dafür auf, dass er mich auch mochte, zumindest ein bisschen.

Erstens: Er kam jeden Tag vorbei, morgens und abends, ganz von allein, um Zeit mit mir zu verbringen. Na ja, und mit Norah. Zweitens: Häufig sagte er so was wie: »Ich hab das hier gesehen und da musste ich an dich denken.« Er lachte auch über Dinge, die ich sagte, selbst wenn die gar nicht lus-tig waren. Drittens: Er berührte mich oft, wenn wir uns un-terhielten, an der Schulter oder am Knie und einmal auch am Oberschenkel. Das sandte jedes Mal kleine Blitze durch meinen Körper und das musste doch was bedeuten, oder?

Aber vielleicht verhielt er sich Norah gegenüber ja genauso.

Wir saßen auf der Treppe hinter dem Sanitärgebäude, der perfekte Ort, um alle zu beobachten, die kamen und gingen, ohne dass man uns von Beverly Hills aus sehen konnte. Also nicht, dass Oma mich abends groß im Auge behalten hätte, aber trotzdem.

Norah saß auf der obersten Stufe, Mathias und ich hockten ganz unten. Geistesabwesend malte er mit einem Stock Muster in den Kies. Ich folgte seinen Bewegungen mit dem Blick, ließ mich nur ab und zu von irgendeinem der Touristen ablenken, der mit der Spülschüssel oder einfach nur so über den Kiesweg schlurfte. Norah scrollte wie so oft auf ihrem Handy rum, »ich hab viel zu viele, denen ich folge«, sagte sie, wenn ich sie fragte, was sie die ganze Zeit machte. Aber wem genau sie unbedingt folgen musste, verriet sie nicht. Ab und zu verkündete sie, dass der und der das und das getan hätte, und meistens kannte ich den und den nicht. Einmal abgesehen von Jordan, über den ich in letzter Zeit so ziemlich alles erfahren hatte.

Mathias' Handy klingelte. Als er die Nummer sah, zog er die Stirn in Falten.

»Hallo?«, sagte er fragend, aber dann wurde sein ganzes Gesicht zu einem Strahlen, er sprang auf und ging ein paar Schritte weg, immer noch mit dem Handy am Ohr.

»Was, wenn das seine Freundin ist?«, fragte Norah und schaute ihm nach.

»Meinst du wirklich? Hätte er nicht was gesagt, wenn er eine Freundin hätte?«

Norah zuckte mit den Achseln.

»Kann man nicht wissen«, meinte sie und fügte hinzu: »Er hat doch so einige Geheimnisse.«

»Hat er?«

Ich spürte meinen Puls pochen, oben im Hals. Wusste Norah etwas, das ich nicht wusste?

»Zum Beispiel das mit seinem Ferienjob. Er behauptet, dass er einen in Oslo hat, aber ist es nicht voll unlogisch, dass er fast nie dort ist? Vielleicht trifft er sich in Wirklichkeit mit einem Mädchen«, sagte Norah.

Ich antwortete nicht. »Hat er dir auch von diesem Job erzählt? Was hat er gesagt?«, fragte ich erst nach einer Weile.

»Ach, nur dass der Job sehr wichtig ist und ihm viel bedeutet und er Schiss hat, es zu vermasseln und so. Ich fand, es klang, als wäre er sich irgendwie nicht sicher, ob er den Job verdient, verstehst du? So kam es mir jedenfalls vor.«

Ich schluckte. Norah hatte viel mehr aus Mathias herausbekommen als ich.

»Wann ... wann hat er das erzählt? Also dir?«

»Jaaa ... irgendwann mal, als wir über den Platz geschlendert sind«, sagte Norah und guckte wieder zu Mathias.

»Also, er ist echt so was von hot«, meinte sie dann.

»Mhm.« Ich guckte ebenfalls zu ihm rüber. Mein Herzschlag hatte sich noch nicht wieder ganz beruhigt, nach dem, was Norah gerade gesagt hatte. Sie war nicht nur eindeutig an Mathias interessiert, die beiden hatten auch ohne mich rumgehangen. Der Gedanke machte mich fertig, obwohl ich früher darauf hätte kommen können. Keine Ahnung, was die beiden machten, während ich mit Oma Fernsehen guckte und geglaubt hatte, dass die anderen beiden auch nach Hause gegangen waren.

»Worüber redet ihr?«, fragte Mathias, der das Handy zurück in seine Tasche geschoben hatte und nun zu uns zurückschlenderte.

»Ach, nix. Mit wem hast du gesprochen?«, fragte Norah.

»Ach, mit niemandem«, sagte Mathias.

Norah verdrehte die Augen.

»Sag schon, wir haben doch dein happy Face gesehen«, meinte sie.

Mathias stand immer noch vor uns und sah so aus, als überlegte er, ob er sich hinsetzen oder weitergehen sollte. Er verschränkte die Arme und setzte sich zu uns.

»Jetzt sag schon. Wer war das gerade am Telefon?« Norah ließ nicht locker.

»Niemand«, sagte Mathias wieder. Er kaute auf seiner Lippe und stand wieder auf. Ich wollte echt nicht, dass er plötzlich verschwand, nur weil Norah sich in den Kopf gesetzt hatte, ihn auszufragen. Obwohl ich natürlich auch gern gewusst hätte, mit wem er telefoniert hatte.

»Scheiß drauf, setz dich einfach«, sagte ich.

»Whatever.« Norah stand auf.

»Willst du abhauen?«

»Ich muss bloß aufs Klo«, sagte sie und verschwand um die Ecke.

Mathias setzte sich wieder auf die Stufen neben mich. Er schwieg, schlang die Arme um die Knie und stützte das Kinn darauf. Ich schwieg ebenfalls. Bis ich mich nicht mehr beherrschen konnte.

»Hast du eine Freundin in Oslo?«

Er fuhr auf. »Nein! Oh Mann, nee, echt nicht.« Rasch schüttelte er den Kopf.

»Du kannst es ruhig sagen, wenn du eine hast«, sagte ich.

»Karoline«, sagte er und legte seine Hand auf meine Schulter. »Ich schwör, ich hab keine Freundin in Oslo.«

»Okay.« Ich starrte auf die Miniaturhütten vor uns, die Nes ›Streichholzschachteln‹ nannte.

»Es ist ein Job, okay? Ich schwör, ich lüg dich nicht an. Aber ich kann nicht ... na ja ... oder darf nicht ...«

Er suchte viel zu lange nach den richtigen Worten und bekam seinen Satz nicht zu Ende, bevor Norah über den Kies zurückgeknirscht kam.

»Ich erzähl's dir noch, versprochen«, sagte Mathias leise und zog seine Hand weg.

Die Stelle fühlte sich noch eine ganze Zeit lang warm an.

Kapitel 12

»No photos«, sagte Mathias gespielt streng mit tiefer Stimme und hielt die Hand vor die Linse von Norahs Handy. Sie stand auf der Treppenstufe über uns, hatte die Kamera auf ihn gerichtet und es sah aus, als würde sie ihn filmen.

»Scheißpaparazzi, Mann!«, sagte er und Norah lachte laut.

»*Superstar Mathias hatte nie seine Ruhe. Die Paparazzi verfolgten ihn auf Schritt und Tritt, sie wurden sein Untergang ... und sein TOD*«, sagte Norah dramatisch und Mathias schlug nach ihr.

»Genau wie bei Diana«, sagte ich.

»Wie bei wem?«, fragte Mathias.

»Prinzessin Diana! Sag nicht, du hast die Netflix-Doku über sie nicht gesehen?«, sagte Norah.

Mathias zuckte die Schultern. »Mathias als Schauspieler, das seh ich richtig vor mir«, sagte Norah. »Findest du nicht?«

»Doch.« Ich nickte.

Mathias lehnte sich mit dem Rücken ans Geländer. »Ja klar, als Prinz oder was?« Er grinste.

»Ein richtiger Traumprinz«, sagte Norah. Sie sagte das leichthin, neckend, aber ich hörte, dass sie es genau so meinte. Und sie hatte recht. Mathias hätte wirklich im Fernsehen auftreten können. Aber so was von. Er hätte in einer romantischen Komödie mitspielen können oder in einem Vampirfilm, und alle hätten ihn geliebt. Er war einfach der Typ dafür.

»Find ich auch«, sagte ich.

»Dass ich dein Traumprinz bin?«, fragte Mathias. Er schaute mir direkt in die Augen und ich zwang mich, seinem Blick nicht auszuweichen, obwohl ich spürte, wie mir die Hitze ins Gesicht stieg.

»Klar, du bist voll der Celebrity Crush«, sagte Norah und scrollte wieder auf ihrem Handy rum.

Endlich ließ Mathias meinen Blick los. Ich versuchte, tief in den Bauch zu atmen.

»Aber meiner nicht, das ist nämlich der da.« Sie hielt uns das Handydisplay hin.

»Wer ist das?«, fragte Mathias.

»Jordan!«, riefen Norah und ich im Chor.

Ich musste nicht mal auf Norahs Handy gucken, um das zu wissen, aber Mathias hatte offensichtlich nicht zugehört, wenn Norah von Jordan geschwärmt hatte. Oder vielleicht hatte sie mir auch einfach mehr von ihm erzählt.

»Er reist um die ganze Welt, trifft alle coolen Leute, verdient megaviel Geld und, aaahhh, sein Gesicht ist so sexy«, sagte Norah und verschwand beinahe mit dem Gesicht im Handy.

Das brachte Mathias zum Lachen, das schönste Geräusch der Welt, es war einfach unmöglich, nicht mitzulachen.

»Okay, er sieht echt cool aus«, sagte Mathias, nachdem er auf seinem eigenen Handy Bilder von Jordan gesucht hatte.

»Jedenfalls cooler als Karolines Celebrity Crush«, meinte Norah.

»Häh?« Mathias guckte mich an.

Auch Norah schaute mich an und mir wurde ganz heiß und komisch. Was kam jetzt?

»Also unsere Karoline. Die wirkt immer so vernünftig und unschuldig. Wetten, du denkst, sie steht auf so weichgespülte Boyband-Typen? Oder vielleicht auf hübsche K-Pop-Boys?«

Mathias lachte wieder ein bisschen und schaute mich fragend an.

Norah fuhr fort. »Aber nichts da! Sie will Muskeln und Tattoos, einen perfekten Undercut und blendend weiße Zähne.«

Oh nein. Wie hatte sie das rausgekriegt? Ich spürte, wie ich rot wurde, vom Hals bis zum Haaransatz, und zwar innerhalb von Sekunden.

»Du stehst auf Chrissy!«, sagte Norah, und im selben Augenblick sprang ich auf, rief »NEIN!« und verbarg das Gesicht in den Händen.

Norah lachte sich halb tot, sie ließ sich rücklings auf die oberste Treppenstufe sinken und gluckste. Auch Mathias feixte, aber lange nicht so sehr wie Norah, und als ich mich traute, zwischen den Fingern hervorzulugen, sah ich, dass er mich mit einem komischen Gesichtsausdruck musterte, als ob er gleichzeitig überrascht wäre und sehr angestrengt über etwas nachdächte.

»Karoline liebt Chriiiissy!«, grölte Norah, die sich wieder aufgesetzt hatte. »Sag schon! Sag schon, hab ich recht?«

»Darauf antworte ich nicht«, sagte ich, drehte mich um und ging auf die Ecke des Gebäudes zu.

»Geh nicht! Das war doch bloß Spaß!«, rief Norah mir hinterher.

»Karoline!« Auch Mathias rief mir nach.

Ich hielt an, kurz vor der Ecke, und drehte mich um. Was

war schlimmer? Abzuhauen, weil mich jemand mit einem dummen Crush aufzog, oder dazu zu stehen? Warum war ich nicht voll relaxt und einfach so: »Ja, und? Er ist halt hot?« Tausende Mädchen stehen auf ihn. Ein paar Jungs bestimmt auch. Er hat circa hunderttausend Follower auf Insta und ich bin zufällig eine von ihnen. Hat das etwa was zu bedeuten?

Ich ging zu ihnen zurück und setzte mich wieder.

»Chrissy also?«, fragte Mathias und stieß mir leicht gegen die Schulter.

»Ja, und?« Ich versuchte, ungerührt zu wirken. »Er ist cool, oder?«

»Ja, ist er«, sagte Mathias und schaute mich wieder mit diesem seltsamen Gesichtsausdruck an. Als würde er an etwas Witziges denken, wollte aber nicht sagen, woran.

Dann stand er plötzlich auf und klopfte sich den Staub aus den Shorts. »Ich fürchte, ich muss los. Morgen geht's wieder nach Oslo«, sagte er.

»Oh, okay«, sagte ich.

Ich wartete darauf, dass Norah etwas sagen oder fragen würde, was er in Oslo vorhabe, doch diesmal schwieg sie. Vielleicht hatte sie denselben Gedanken wie ich, wollte ihn nicht nerven. Jedenfalls wusste ich jetzt mehr als sie, nämlich dass es zumindest keine Freundin gab, die Mathias in Oslo treffen wollte.

Zusammen gingen wir nach Beverly Hills. Norah verabschiedete sich als Erste und bog nach links zu ihrem blauen Vorzelt ab.

»Schade, dass du morgen nicht mit uns rumhängen kannst«, sagte ich. »Bist du lange weg?«

»Ich bin mir sicher, dass ihr wunderbar ohne mich klarkommen werdet«, sagte Mathias.

Und dann passierte das Allerbeste, er machte einen Schritt auf mich zu und umarmte mich.

»Dann könnt ihr in aller Ruhe über Chrissy und andere Jungs herziehen«, sagte er leise in mein Ohr und seine Nähe ließ meine Knie ganz zittrig werden.

»Wir werden nur über dich herziehen«, flüsterte ich und erwiderte die Umarmung.

Als er mich losließ, lächelte er.

»Gute Nacht«, sagte er.

»Gute Nacht.«

In unserem Wohnwagen war Oma gerade auf dem Weg ins Bett, sie hatte schon ihr langes Nachthemd angezogen und die Nachtcreme aufgetragen, die so gut duftete.

»Da bist du ja! Ich wollte dir gerade schreiben«, sagte sie.

»Brauchst du nicht«, sagte ich. »Gute Nacht, Oma.«

»Gute Nacht, Schatz«, sagte sie und küsste mich auf die Stirn, bevor sie in ihrem ›Schlafwagen‹, wie sie es nannte, verschwand. Das Bett befand sich ganz hinten im Wagen und davor war eine Faltwand, die man zuschieben konnte, damit es ganz dunkel wurde.

Während ich draußen auf der Terrasse Zähne putzte, zog ich mein Handy aus der Tasche. Ich spuckte den Schaum in Omas Blumenbeet, obwohl sie mich darum gebeten hatte, das sein zu lassen. Aber sie konnte mich ja nicht sehen.

Mathias hatte mehrere meiner Fotos auf Instagram gelikt. Das letzte, Walderdbeeren, die ich auf einen langen Grashalm gefädelt hatte, hatte er mit einem grünen Herz kommentiert. Grün? Hatte das was zu sagen? Ich klickte auf Mathias' Profil, das enttäuschend leer war. Er hatte nur elf Fotos hochgeladen und keins davon zeigte ihn. Ein Bild von einem Hund, eins von ein paar Eishockeyschlägern, eins von einem Fußball, eins, das die Aussicht von einem Berg aus zeigte, und so weiter. Die meisten davon hatte ich schon vor einer Weile gelikt. Aber das Motiv des neusten Fotos kannte ich. Er musste es irgendwo vom Sanitärgebäude aus aufgenommen haben, denn es zeigte die Wohnwagen hier oben aus einer leichten Froschperspektive. Die Sonne schien direkt darauf und die Farben waren der Wahnsinn. Ich verstand, warum er das Bild gepostet hatte, es war einfach mega und zeigte das ganze Grün rund um die weißen Wohnwagen mit ihren bunten Vorzelten und Sonnenschirmen. Campingkunst.

Darunter hatte er »Beverly Hills« geschrieben und ein Emoji mit Sonnenbrille eingefügt. Ich likte das Foto. Und kommentierte ein gelbes Herz unter dem Post. Hatte das was zu sagen? Vielleicht. Vielleicht sagte es alles. Vielleicht nichts.

Morgen würde er wieder den ganzen Tag weg sein und zwischen Norah und mir fühlte es sich ein bisschen komisch an, nachdem sie vorhin versucht hatte, mich vor Mathias lächerlich zu machen. Wie würde es sein, wenn wir wieder nur zu zweit wären? Mir graute fast ein bisschen davor.

Kapitel 13

Ich vermisste Mathias, wenn er nicht da war. Etwas fehlte, und zwar nicht nur, weil wir uns inzwischen daran gewöhnt hatten, zu dritt zu sein, sondern es fehlte auch irgendwie etwas in mir drin. Ich war unruhig, erwischte mich dabei, dass ich ständig nach dem Auto von Mathias' Familie Ausschau hielt. Als könnte es jeden Moment durch die Schranke auf den Platz einbiegen, obwohl es noch viel zu früh dafür war. Ich dachte ununterbrochen an ihn, daran, was er wohl gerade machte. Ob er auch an mich dachte?

Norah wirkte dagegen fast ein bisschen froh, dass wir wieder unter uns waren. Sie war wie jeden Morgen zu unserem Wohnwagen gekommen und hatte sich gleich entschuldigt.

»Das mit Chrissy gestern, also, ich wollte dich nicht blamieren, ich fand es bloß so lustig. Mir ist aufgefallen, dass du immer auf sein Profil gehst, wenn du am Handy bist«, sagte sie.

»Ist schon okay. Zuerst war es komisch, aber dann hab ich versucht, es nicht zu schlimm zu finden«, sagte ich.

Norah grinste. »Hat so mittelmäßig funktioniert«, sagte sie.

»Idiotin«, sagte ich.

Damit war es eigentlich ziemlich okay zwischen uns, obwohl ich innerlich darauf brannte, mit ihr über Mathias zu sprechen und rauszufinden, was sie fühlte. Aber wie sollte ich sie danach fragen, ohne damit rauszuplatzen, dass ich ihn selbst mochte? Und zwar so richtig.

Wir schlenderten ziellos über den Platz. Es war warm, aber nicht so warm, dass wir unbedingt schwimmen gehen wollten, also spazierten wir die meiste Zeit herum und beobachteten die Leute. Wir aßen mit Norahs Familie und Oma zu Mittag, spielten unten am Spielplatz mit ein paar Kindern Fußball und halfen Nes dabei, den Lagerraum hinter den Toiletten bis unters Dach mit riesigen Rollen Klopapier, Seife und Bettzeug für die Hütten zu füllen. Er drückte uns jeweils einen Hundertkronenschein für die Hilfe in die Hand, zerknitterte Scheine, die er aus seiner Hosentasche zog.

Später am Nachmittag saßen wir auf der Wippe und ließen die Beine baumeln. Norah las laut aus irgendeinem Gossip-Account vor, dem sie auf Insta folgte, und ich hörte mit halbem Ohr zu, während ich den Platz scannte. Der Tag war so was von dahingeschlichen.

»Chill mal, er kommt noch nicht zurück«, sagte Norah plötzlich.

»Ich weiß«, sagte ich schnell, ein bisschen peinlich berührt, weil sie gemerkt hatte, dass sich mein Kopf automatisch alle paar Minuten Richtung Platzeingang drehte.

»Hör dir das an«, sagte Norah und las: »Das Paar ist jetzt *zum siebten Mal* zusammen, nachdem sie sich erst letzten Monat getrennt hatten. Damals veröffentlichte Bianca ein YouTube-Video, in dem sie ihre Follower um Tipps bat, um gut durch die Trennung zu kommen.« Sie hielt kurz inne und kommentierte dann: »Hört sich nicht so an, als wäre sie besonders gut *durch* die Trennung gekommen!« Norah lachte. »Du musst *über* ihn hinwegkommen, Bianca!«

Sie hielt das Handy so an den Mund, als würde sie direkt mit dieser Bianca sprechen und ich musste ebenfalls lachen.

»Sie hört dich bestimmt.« Ich feixte.

»Weißt du, wer sie ist? Sie hat mehrere Millionen Follower auf YouTube und eine eigene Fernsehserie und so. Einen Blog und Insta natürlich auch. Bestimmt macht sie Cash wie sonst was«, sagte Norah.

Ich schüttelte den Kopf. Emma meinte immer, ich müsse viel mehr Influencern folgen, halt so Leuten wie Bianca, und ich entschuldigte mich dann damit, dass ich nicht so viel Zeit am Handy verbrachte wie sie. Sie fand nicht, dass das als Entschuldigung zählte und dass mich niemand daran hinderte, mehr Zeit am Handy zu verbringen.

»Okay, zeig mir mal dein zweites Insta-Konto«, sagte Norah mit fragendem Unterton.

Ich guckte sie verwirrt an. »Was?«

»Hast du neben dem hier keinen privaten Account?«, fragte sie und hielt mir das Display mit meinem Profil hin, mit dem Erdbeerbild ganz oben links.

Ich schüttelte den Kopf und Norah seufzte resigniert.

»Mädchen, du wohnst echt hinterm Mond, was?«, murmelte sie vor sich hin, während sie weiterklickte und mir das Display dann wieder hinhielt. »Guck mal«, sagte sie und zeigte darauf.

Die Login-Seite von Instagram war zu sehen und darauf fünf verschiedene Benutzerkonten, in die sie sich einloggen konnte.

»Das Konto hier ist meins, also das Profil mit meinem Namen, das alle sehen können, dem meine Eltern folgen und so weiter. Und dann hab ich einen Account, der mein *eigentlicher* ist, also so richtig meiner, da lasse ich nur Leute drauf, die ich gut kenne«, sagte sie und zeigte weiter unten auf den Bildschirm.

»Wie findet man den denn?«, fragte ich und fühlte mich ungefähr so modern wie Oma, der man zu erklären versuchte, wie TikTok funktionierte.

»Das ist doch genau der Punkt, du findest ihn nicht, solange ich dir nichts davon erzähle«, sagte Norah begeistert. »Sodass mir nur meine besten Freundinnen und Freunde mit ihren privaten Profilen folgen und ich folge ihren privaten Profilen und dann wird das so ein privat-privater Kreis, zu dem du entweder dazugehörst oder von dem du gar nicht weißt.«

»Ah.«

Die Followerzahl von Norahs privatem Konto war geringer als die Anzahl der Beiträge, und es waren voll viele Spaß-Selfies drauf und Fotos, die wahrscheinlich Insider in Norahs Clique waren.

»Bei uns hat keiner so etwas«, sagte ich, während Norah sich in ein weiteres Konto einloggte.

»Hast du schon mal überlegt, dass die anderen einen privaten Account haben könnten, und du weißt halt nichts davon?«, fragte sie.

Sie sagte das so nebenbei, dass alle außer mir befreundet waren, und tippte dabei weiter auf ihrem Handy rum, aber ich erstarrte. Denn was, wenn sie recht hatte? Was, wenn es auch an meiner Schule einen privat-privaten Kreis gab, woher sollte ich das wissen? Es klang eigentlich voll logisch. Ich hatte schließlich nicht besonders viele Freundinnen. Aber Emma, zum Beispiel, vielleicht hatte sie so ein Profil und folgte voll vielen anderen solcher Profile, schickte denen ständig Nachrichten, ohne davon zu erzählen? Eine stillschweigende Verabredung, dass wir Karoline bitte nichts davon sagen?

»Hallo, hörst du mir noch zu oder was?« Norah hatte zum Glück einfach weitergeredet, ich schob die dummen Gedanken weit hinten in mein Hirn und hoffte, dass ich so schnell nicht wieder auf sie stoßen würde.

»Dieses Konto hier ist meine Fanseite«, erklärte sie und kicherte.

»Anfangs war es eine Marcus & Martinus-Fanseite, aber jetzt dreht sich alles um Jordan. Ich hab schon ewig nichts mehr gepostet, es ist auch irgendwie cringe, aber die Seite hat ziemlich viele Follower«, erklärte Norah und zeigte mir den Account.

»Wow«, sagte ich. Tatsächlich hatte das Profil mehr als viertausend Follower. Die Posts bestanden aus bunten Zeichnungen und kreativ bearbeiteten Fotos der Stars.

»Mhm, es ist schon ganz cool. Ich weiß trotzdem nicht, was ich damit machen soll. Am liebsten würd ich es löschen, aber Jordan hat schon ein paar Mal Bilder gelikt, kommentiert oder in seiner Story geteilt und so, da fühlt es sich irgendwie verschwendet an, alles einfach plattzumachen. Tja, und weil er Sachen likt, krieg ich ständig neue Follower, also ... keine Ahnung.«

»Shit. Das ist ja voll cool«, sagte ich, obwohl ich mir Norah gar nicht so richtig als Riesenfan von jemandem vorstellen konnte.

»Es geht ja gerade darum, von den Leuten entdeckt zu werden, von denen man Fan ist und die voll viele Follower haben und so. Dass man was macht, was dem Star gefällt.« Norah zuckte mit den Achseln. »Manche der anderen Fanseiten sind ziemlich verrückt und sorgen für jede Menge Drama, aber so weit bin ich noch nicht.«

Ich sagte nichts, zum Glück musste ich das auch nicht, denn Norah plapperte einfach weiter, ohne eine Antwort abzuwarten.

»Das Profil hier ist für meinen Hund, der letztes Jahr gestorben ist«, sagte sie und scrollte durch eine Seite mit Unmengen von Hundefotos. »Und den letzten Account nutze ich, um Leuten zu folgen, bei denen ich nicht will, dass jemand das sieht.« Sie klickte auf ein völlig anonymes Profil, ganz ohne Bio und Fotos.

»Häh, wieso das denn? Ist das was mit Porno oder was?«

»What?! Nein, spinnst du? Das sind bloß Gossip-Seiten und Profile mit albernen Memes und ein paar Stars, von denen besser niemand weiß, dass ich auf sie steh«, sagte sie amüsiert.

Ich lachte ebenfalls. Und versuchte, nicht schon wieder zur Schranke zu spähen. »Ich fühl mich gerade wie Oma, der man Sachen im Internet erklären muss«, sagte ich.

»Na ja, vielleicht ist das bei euch ja ganz anders als bei uns«, meinte Norah. »Aber du solltest unbedingt mehr Selfies posten!«

»Meine Kamera ist grottig, deshalb mach ich das nicht«, sagte ich und schluckte.

In Wirklichkeit, wenn ich ganz ehrlich bin und mich nicht mal selbst belüge, hat das mehr damit zu tun, dass ich mir nicht vorstellen kann, dass jemand meine Selfies likt. Und was, wenn ich ein Foto von mir poste, und es kriegt weniger Likes als ein paar Walderdbeeren auf einem Grashalm? Oder wenn jemand einen blöden Kommentar drunterschreibt oder – noch schlimmer – überhaupt keiner einen schreibt? Da sind Erdbeeren viel besser. Und besser ist es auch, zu behaupten, dass mein Konto auf ›privat‹ steht, weil Mama und Papa das so wollen. Dabei hat es auch was damit zu tun, dass ich so die Kontrolle darüber und eine gewisse Sicherheit habe, dass die paar, die mir folgen, das freiwillig tun.

»Mathias sollte auch mehr Selfies posten, findest du nicht?«, sagte Norah und knuffte mich.

Wir saßen immer noch mittig auf der Wippe und balancierten sie so aus, dass sie zu keiner der Seiten nach unten krachte.

»Hm, ja«, sagte ich.

»Gib's zu, du stehst auf ihn. Das kann man überhaupt nicht übersehen«, sagte sie.

Stimmte das? Vielleicht. Oh Mann. Wenn Norah es bemerkt hatte, hatte Mathias es womöglich auch bemerkt.

»Stehst du auch auf ihn?«, fragte ich.

Erst sagte Norah gar nichts, baumelte nur mit den Beinen und machte eine Kaugummiblase. Dann nickte sie.

»Man kann gar nicht anders, als ihn gut zu finden, oder? Das ist doch Wahnsinn, es müsste verboten sein, gleichzeitig hot *und* nice zu sein«, sagte sie.

Ich kicherte. »Hast recht«, sagte ich.

Dann schwiegen wir. Norah griff wieder nach ihrem Handy und scrollte auf Insta rum, ab und zu zeigte sie mir irgendwas, das sie lustig oder weird fand. Die meiste Zeit saß ich einfach nur da und starrte vor mich hin, auf die Reihen mit den größeren Hütten. Und dachte darüber nach, dass wir zwei waren, die auf Mathias standen. Doch auf wen stand er? Das konnte ich unmöglich rauskriegen. Aber irgendwann würde er sich entscheiden müssen. Und jemand, wahrscheinlich ich, in die sich nie irgendjemand verliebte, würde verletzt werden.

Kapitel 14

»Manchmal kapiere ich nicht, dass der da mein Bruder ist«, sagte Mathias.

Wir lagen wieder mal am See. Heute war Mathias' kleiner Bruder mitgekommen, hatte es aber höchstens zwanzig Minuten ausgehalten, bevor er verkündete, dass er lieber was anderes machen wolle, und verschwand.

»Ständig rennt er rum und macht irgendwas, er kann überhaupt nicht stillhalten.« Mathias schüttelte den Kopf.

»Es gibt doch jede Menge Geschwister, die sich kein bisschen ähnlich sind«, sagte Norah und hielt eine der Zeitschriften von dem Stapel hoch, den sie aus dem Wohnwagen mitgebracht hatte. »Hier zum Beispiel, Kylie und Kendall.« Sie zeigte auf die Zeitschrift.

»Wer ist das?«, fragte Mathias.

»Das weißt du nicht?«, sagte Norah.

Ich lachte.

»Verpass ich was, wenn ich es nicht weiß?«, fragte er und rieb sich ein Auge.

»Nee, eigentlich nicht«, sagte ich. »Die sind schön und reich und kommen im Fernsehen.«

»Alles, was ich mir wünsche«, sagte Norah.

»Halloooo, Norah, du bist schön«, sagte Mathias.

»Okay, aber bin ich reich? Bin ich im Fernsehen? Nein.«

Mathias und Norah lachten. Und ich versuchte, ebenfalls

zu lachen, aber es wurde mehr so eine Art Grimasse, von der ich hoffte, dass sie den beiden nicht auffiel. Mathias fand Norah schön. Die Eifersucht stach irgendwo in meinem Bauch.

»Klingt schon nice«, sagte Mathias. »Ich glaub ja, es könnte cool sein, berühmt zu sein. Also jedenfalls, wenn man berühmt wird, weil man ein echtes Talent hat. Wisst ihr, was ich mein?«

»Mhm«, sagte Norah und fragte dann: »Karoline, wofür ist Chrissy noch mal berühmt?«

»Haha, sehr witzig. Nur damit du's weißt: Er ist Sänger und Moderator.«

»Ah ja. Ich dachte schon, sein größtes Talent wären seine blendend weißen Zähne«, sagte sie.

Mathias bekam einen solchen Lachflash, dass er husten und sich auf seinem Handtuch aufsetzen musste. Ich musste auch lachen, diesmal richtig. Es stimmte ja. Chrissy hatte wirklich extrem weiße Zähne.

»Norah, was hältst du davon, wenn wir Mathias zum Fernsehen schicken, damit er reich und berühmt wird und uns erzählen kann, wie das so ist. Dann kannst du entscheiden, ob das bockt«, sagte ich.

»Deal«, sagte Norah.

Mathias lächelte und wirkte nachdenklich. »Habt ihr schon mal von der Campingbande gehört?«, fragte er schließlich.

»Nein«, antworteten Norah und ich wie aus einem Munde.

»Echt nicht? Okay, ich erzähl euch von ihnen, aber ich bin nicht schuld, wenn ihr heute Nacht nicht schlafen könnt«, sagte er.

»Pöh, damit kommen wir schon klar«, sagte Norah.

»Auf den ersten Blick sieht die Campingbande aus wie eine

ganz normale Familie im Urlaub, sie fahren mit dem Wohn-
mobil oder dem Wohnwagen rum und machen Station auf
Campingplätzen überall im Land«, begann Mathias und
seine Stimme klang tiefer als sonst. Er klang voll seriös, als
würde er die Nachrichten fürs Radio einsprechen oder so.

»Sie bezahlen ihren Platz wie alle anderen, verhalten sich
wie alle anderen und erwecken überhaupt kein Misstrauen.
Sie stellen Gartenmöbel und einen mobilen Grill auf, ihr wisst
schon, was für einen ich meine, gehen im See schwimmen und
benutzen die Duschen und Toiletten, wie alle anderen. Grü-
ßen die Nachbarn und reden irgendeinen Scheiß mit ihnen,
wie wir alle.«

»Ja, ja, komm zum Punkt«, sagte Norah.

»Psst«, sagte ich.

»Aber dann ... wenn es Nacht wird ...« Mathias senkte die
Stimme, sodass wir uns konzentrieren mussten, um ihn noch
zu verstehen.

Unwillkürlich hielt ich die Luft an.

»Nachts, wenn alle Lichter aus sind und die Leute schlafen, schleichen sie sich raus. Sie pirschen an den Zäunen der
Dauercamper entlang und halten nach offenen Fenstern Ausschau. Dann leiten sie Betäubungsgas durch die Fenster in die
Wohnwagen, ein Gas, das nach nichts riecht, aber es macht
einen bewusstlos. Danach spazieren sie durchs Vorzelt in den
Wohnwagen und stehlen alles. Ohne dass jemand irgendwas
mitkriegt.«

»Shit«, flüsterte Norah. Sie hatte die Augen weit aufge-
sperrt und so unaufmerksam sie zu Beginn gewesen war, so
gebannt war sie jetzt.

»Und wenn sie aus einem Wohnwagen alle Handys, alles Geld, allen Schmuck und alles, was sie sonst noch finden können, ausgeräumt haben, schleichen sie lautlos zum nächsten und nehmen sich den vor. So lange, bis sie einen kompletten Bereich ausgeraubt und Hunderttausende Kronen erbeutet haben. Vielleicht sogar mehr. Und dann, am nächsten Morgen, wenn die Schranke aufgeht, reisen sie ab, zusammen mit den anderen Touristen, die nur eine Nacht geblieben sind, und niemand schöpft Verdacht. Sie fahren einfach weiter zum nächsten Campingplatz, wo sie wieder ihre Masche abziehen. Und wenn im Laufe des Vormittags der Campingplatz endlich erwacht, merken die, die bestohlen wurden, zuerst gar nichts. Vielleicht haben sie ein bisschen Kopfschmerzen, und dann entdecken sie, dass ihre Wertsachen weg sind. Dann wacht der Nachbar auf und macht dieselbe Entdeckung, dann der nächste Nachbar. Aber es ist viel zu spät. Und es gibt keine Verdächtigen, denn bis die Polizei und die Zeitungen und alle anderen informiert sind, weiß sowieso niemand mehr, wohin die Campingbande verschwunden ist.«

»Sie könnten überall sein«, sagte Norah.

»Genau. Und wisst ihr, was das Krasseste ist? Beim letzten Mal, als die Campingbande ihr Unwesen in Norwegen getrieben hat, hat die Polizei es tatsächlich geschafft, einige ihrer Mitglieder zu erwischen und ins Gefängnis zu werfen. Aber die Einbrüche gingen weiter. Wisst ihr, warum?« Er wartete nicht auf eine Antwort, sondern erzählte gleich weiter. »Weil die Leute gelesen hatten, wie die Bande vorgegangen war, und dachten, das wäre doch eine leichte Möglichkeit, an ein bisschen Geld zu kommen, ohne geschnappt zu werden. Im Laufe eines einzigen Sommers gab es also plötzlich Dutzende Campingbanden an mehreren Orten in Norwegen gleichzeitig! Eine ganze Menge Leute hatte sich die Masche abgeguckt. Und genau deshalb steht das heute nicht mehr in der Zeitung, keiner spricht drüber. Weil sie wissen, dass das Problem wieder größer wird, wenn die Leute davon erfahren. Alle glauben also, dass die Campingbande geschnappt wurde und das Thema aus der Welt ist. Aber es ist nicht vorbei. Sie sind immer noch unter uns.«

Offenbar war Mathias mit seiner Erzählung fertig, er drehte sich von der Seite auf den Rücken und verschränkte zufrieden grinsend die Arme unter dem Kopf.

»Oh-oh, jetzt hab ich richtig Angst«, sagte Norah und legte sich eine Hand aufs Herz.

»Ich kapier nicht, warum sie das Gas in einen Wohnwagen nach dem anderen leiten. Wäre es nicht viel effektiver, sich aufzuteilen und mehrere Wagen gleichzeitig auszurauben? Dann könnten sie auch sicher sein, dass keiner der Nachbarn was hört«, sagte ich.

Mathias lachte laut. Norah wirkte schockiert.

»Du denkst also wie eine Verbrecherin, Karoline!«, sagte er zwischen zwei Lachanfällen.

»Oh Mann, unschuldige Menschen werden betäubt und bestohlen, und *das* kommt dir als Erstes in den Kopf?« Norah schüttelte den Kopf.

Ich wurde rot.

»Na ja, so war das nicht gemeint, natürlich tun mir die Leute leid ...«, fing ich an.

»Aber wenn du zur Campingbande gehören würdest, hättest du es schlauer angestellt«, sagte Mathias. »Norah, ich glaube, Karoline ist die Erste von uns, die reich wird.«

Jetzt lachte Norah ebenfalls. Zum Glück, aber irgendwie fühlte es sich immer noch komisch an. Ich griff nach einer von Norahs Zeitschriften und versteckte mich dahinter.

»Sorry! Ich nehm dir halt die Geschichte nicht ganz ab!«, sagte ich hinter der Zeitschrift.

Mathias zog sie weg. »Das musst du auch nicht, ich sage nur, dass du nachts kein Fenster auflassen solltest«, sagte er und zwinkerte mir zu.

»›Sie glaubte nicht an die berühmte Campingbande, doch tragischerweise wurde sie ihr erstes Opfer‹«, sagte Norah dramatisch. »›Wir werden sie vermissen und erinnern uns an sie als eine zynische, aber gute Freundin.‹«

Ich schlug mit der Zeitschrift nach ihr, verfehlte sie aber. Lachend rollte sie ein Stück zur Seite.

Mathias lachte nicht.

Er lachte nie über Norahs Witze, die mit dem Tod zu tun hatten, und auf dem Rückweg, nachdem Norah zu ihrem blauen Vorzelt abgebogen war, fragte ich ihn danach.

»Ich find das einfach nicht witzig«, sagte er. »Es ist nicht lustig, Witze darüber zu reißen, dass jemand stirbt. Stell dir vor, einer von uns würde *tatsächlich* sterben?! Was, wenn ich zum Beispiel Krebs hätte? Und ich hätte euch nicht erzählt, dass ich vielleicht *wirklich* sterben würde?«

»Aber du wirst nicht sterben«, sagte ich schnell.

»Nein, ich werde nicht sterben. Oder jedenfalls nicht so schnell. Aber trotzdem finde ich, dass man darüber keine Witze macht.«

»Du hast recht, aber es ist ja nur Spaß.«

»Außerdem find ich es blöd, dass man irgendwie was Großes erreichen muss, damit sich die Leute nach dem Tod noch an einen erinnern, so klingt das jedenfalls bei Norah. Wenn man nicht reich ist, nicht megaglücklich, nicht irgendwas Besonderes gemacht hat oder als Talent entdeckt wurde, ist man dann nichts wert?«

»Doch, doch, das meint sie doch nicht so«, sagte ich.

Ich fand, er übertrieb. Was Norah sagte, war nicht so gemeint.

»Ich glaube, sie erinnert sich einfach gern all das Schöne und Lustige, was wir erleben«, fuhr ich fort. »Sie muss das irgendwie laut aussprechen. Und dann verpackt sie es halt in einen Witz.«

Er schwieg ziemlich lange. »So habe ich das noch nie gesehen«, antwortete er schließlich und sah plötzlich ernst aus. Er legte seine Hände an meine Wangen, sie waren kühl und rochen ein bisschen nach Gras und Sonnencreme. Dann sagte er: »Karoline mit K, du bist verdammt klug. Dich werde ich jedenfalls nie vergessen.«

Danach sagten wir nichts mehr, nur tschüss. Er ging zum Wohnwagen seiner Eltern und ich zurück zu Oma, die fragte, ob ich einen Sonnenbrand habe, weil meine Wangen so rot waren.

Kapitel 15

»Wenn du deine Mutter heute wieder nicht anrufst, schuldest du mir wirklich was«, sagte Oma, als ich ins Vorzelt kam.

»Okay, nervt sie dich?«

Im selben Moment klingelte Omas Telefon, sie nahm es, zeigte vielsagend aufs Display und zog die Augenbrauen hoch.

»So sehr, dass du den restlichen Sommer die komplette Wäsche übernehmen darfst, wenn du jetzt nicht mit ihr sprichst«, sagte sie und überreichte mir demonstrativ das Handy.

Ich lachte. Dann hörte ich ein »Hallo?« aus dem Gerät und beeilte mich, zu antworten, immer noch amüsiert über Oma. »Hallo? Mama?«

»Oh, mein Kind!« Mamas Stimme am anderen Ende war ihr Strahlen anzuhören. »Was ist denn so lustig?«

»Ach, nur Oma«, sagte ich und nickte der Angesprochenen zu. Sie verschwand im Wohnwagen und ich setzte mich auf eine der Sonnenliegen auf der Terrasse.

»Na dann. Erzähl mal, wie geht es euch? Hast du schon was Schönes gemacht?«

»Tja, was Schönes. Ich weiß nicht, ich mache eigentlich gar nicht viel«, sagte ich und irgendwie stimmte das ja auch.

»Aber ihr habt auch gutes Wetter, oder? Ich sag dir, Renovieren bei dieser Hitze macht keinen Spaß, Papa schwitzt und flucht in einer Tour, aber am Ende wird es sicher schön«, erzählte Mama.

Ich kicherte, sah genau vor mir, wie er fluchend dastand.

»Geht ihr denn schwimmen?«, fragte Mama.

»Ja, machen wir! Und wir chillen einfach ein bisschen und … na ja, wir quatschen und chillen«, sagte ich beiläufig.

»Mit wem denn? Mit diesem Nachbarsmädchen, wie hieß sie noch, Norah?«

»Mhm. Und mit einem Jungen, Mathias. Er kommt aus Nordnorwegen.« Ich gab mir Mühe, neutral und gelassen zu klingen.

»Oh, wie schön, dass du noch mehr neue Freunde gefunden hast!«

»Ja, das ist wirklich schön, die beiden sind echt cool«, meinte ich.

»Und was ist mit Emma? Wollte sie dich nicht besuchen?«

»Hmm, keine Ahnung«, antwortete ich, und erst da fiel mir auf, dass es schon eine ganze Weile her war, seit ich zuletzt mit Emma gesprochen hatte. Sie hatte mir das ein oder andere Reel und ab und zu eine Nachricht geschickt und ich hatte ihr ein bisschen halbherzig geantwortet, ich hatte so viel anderes im Kopf.

»Aber wir telefonieren und so«, sagte ich schnell.

Irgendwie war es doch ganz schön, mal wieder mit Mama zu reden. Ich erzählte ihr von Nes und von dem großen Hund, der dem Mann mit dem rosa Sonnenschirm gehörte, dass es geheime Walderdbeerstellen gab und wir Nes geholfen und Geld dafür bekommen hatten und dass er uns manchmal, wenn er gute Laune hatte, Pommes ausgab.

Am anderen Ende der Leitung schwieg Mama so lange, wie

ich es von ihr gar nicht gewohnt war. »Ach, Linchen, ich bin so froh, dass du wieder fröhlich bist«, sagte sie schließlich.

»Mhm«, antwortete ich.

»Ich hör's an deiner Stimme und daran, was du erzählst. Jetzt ist alles wieder gut, was?«

Ich hatte eigentlich keine Lust, ihr die Genugtuung zu gönnen, doch sie hatte recht. Der schwarze Ballon im Bauch, der mich nach Hersjøen begleitet hatte, war mehr und mehr zusammengeschrumpft, beinahe unmerklich, bis er schließlich fast komplett verschwunden war. Stattdessen war etwas anderes in mir gewachsen, ein gutes Gefühl, das fast die ganze Zeit über da war. Sie hatte recht, ich war fröhlich. Und vielleicht ein bisschen verliebt.

Aber das musste ich ihr nicht auch noch erzählen.

Nachdem wir aufgelegt hatten, trug Oma das Abendessen auf zwei Tellern raus und wir aßen gemeinsam unter dem Sonnenschirm.

»Hast du schon mal von der Campingbande gehört?«, fragte ich.

»Hmmm?«, fragte sie, den Mund voller Nudeln.

»Von der Campingbande«, wiederholte ich. »Die fahren von Campingplatz zu Campingplatz, leiten ein Betäubungsgas in die Wohnwagen und dann brechen sie ein und räumen die Wagen komplett aus.«

»Ah ja, war da nicht mal was vor ein paar Jahren? Nein, das muss länger her sein, mindestens zehn«, sagte sie.

»Also gibt's die wirklich?«

Oma kniff die Augen zusammen, als blinzelte sie in die Sonne. »Ich bilde mir jedenfalls ein, schon einmal etwas darüber gehört zu haben«, sagte sie. »Aber wie gesagt, das ist viele Jahre her. Wie kommst du darauf?«

Ich zuckte die Achseln, während ich Nudeln mit Bolognese-Soße schlürfte. »Mathias hat gesagt, dass sie vielleicht wieder da sind.«

»Aber doch nicht hier?«

»Nein, nicht hier. Aber wer weiß, sie könnten ja herkommen«, sagte ich.

»Nicht auf den Herrlichen Hersjøen«, sagte Oma und klang, als wäre sie todsicher.

Ich schwieg.

»Nein. Nein, ich glaube nicht, dass das hier möglich ist«, sagte sie.

In diesem Moment pingte mein Handy. Mathias hatte mir geschrieben.

Morgen um 11? Kommst du zu mir? 😎

»Jetzt siehst du richtig geheimnisvoll aus«, sagte Oma und sofort spürte ich das dämliche Grinsen in meinem Gesicht. Na und, es war ja wohl nicht verboten, sich über eine Nachricht zu freuen?

»Die ist von Mathias«, sagte ich und antwortete ihm mit »YES«, einem Sonnenbrillen-Emoji und einem grünen Herz. Was auch immer das aussagte.

»Das hab ich mir gedacht«, sagte Oma.

Kapitel 16

Kurz nachdem ich unter die Decke gekrochen war, hörte ich Oma in Richtung ihres kleinen Schlafabteils an meinem Bett vorbeitapsen. Ich schlief auf dem, was normalerweise ein Sofa gewesen wäre, mit einer extra Matratze obendrauf. Ich war diejenige von uns, die am nächsten an der Tür lag, und auf der einen Seite des Betts befand sich ein Plastikfenster, das normalerweise immer offen stand. Aber heute schloss ich es und spähte zu der dünnen Wohnwagentür, die uns vom Rest der Welt trennte. Ich glaubte zwar nicht an Mathias' Story, aber trotzdem, ein paar Sicherheitsvorkehrungen konnten nicht schaden. So oder so war es jeden Morgen kochend heiß im Wohnwagen, und dieses Minifenster konnte unmöglich die entscheidende Rolle spielen.

Ich versuchte, ein bisschen in einem der Bücher zu lesen, die neben meinem Kopfkissen lagen, aber ich konnte mich nicht auf die Wörter konzentrieren. Nachdem ich dieselbe Seite sicher viermal gelesen hatte, ohne etwas von der Handlung zu kapieren, gab ich auf und griff nach meinem Handy. Aus dem ›Schlafwagen‹ hörte ich Omas erste Schnarcher und irgendwie hatte dieses nervige Geräusch etwas Beruhigendes.

Chrissy hatte ein neues Selfie auf Insta gepostet. Er war wieder zurück in Norwegen und saß in einem Auto, das sauteuer aussah. »Going places … Fun adventures, back to work with fresh talent!«, stand neben Unmengen von Emojis und

Hashtags darunter. Es war immer ganz schön schwer, rauszufinden, was er mit den Texten zu seinen Bildern eigentlich sagen wollte. Manchmal hatte ich den Verdacht, dass er einfach total random irgendwas schrieb, nur um einen Grund zu haben, ein cooles Foto zu posten. Ich zoomte sein Gesicht ran. In den Gläsern seiner Sonnenbrille konnte ich das Spiegelbild derjenigen erkennen, die das Bild geschossen hatte. Ein Mädchen in kurzen Shorts. Sofort spürte ich einen Stich. Hatte er eine Freundin? Vielleicht war er mit jemandem zusammen, machte das aber nicht öffentlich? In den Kommentaren hatten seine Follower lauter ähnliche Fragen gestellt. Ein weiteres, widerliches Gefühl im Bauch. Ich wünschte, ich wäre die Einzige, die sich darum scherte, ob Chrissy eine Freundin hatte. Doch natürlich war das nicht so. Ich war nur eine von sehr, sehr vielen. Und er wusste nicht, dass es mich gab. Verdammt. Ich klickte die App weg und las mehrmals hintereinander Mathias' Nachricht. »Morgen um 11?« Warum ausgerechnet um elf? Normalerweise trafen wir uns einfach, sobald wir wach waren, und irgendwie passte es immer. Es war das erste Mal, dass einer von uns eine Uhrzeit vorschlug.

Das Telefon in meiner Hand vibrierte, Norah hatte geschrieben. Sie schickte die Fotos, die sie heute am See gemacht hatte. Erst eine Reihe von Bildern, auf denen wir alle drei zu sehen waren, Grimassen und Selfies sowie Fotos, die Mathias von Norah und mir gemacht hatte, als wir vom Steg ins Wasser gesprungen waren.

Und dann ein Bild, das sie bearbeitet haben musste, denn die Schärfe war viel besser und die Farben waren klarer als auf den anderen Bildern. Es zeigte mich, wie ich dasaß und irgendwas erzählte. Dabei warf ich die Arme gestikulierend in die Luft, und neben mir hockte Mathias, der mich mit einem breiten Lächeln ansah. Seine eine Hand lag auf meinem Knie. Wenn ich ranzoomte, konnte man meinen, dass er mich anschaute, als wäre ich das Schönste, was er je gesehen hatte. Das doofe Chrissy-Gefühl von gerade machte einem schönen, warmen Gefühl Platz, das sich im ganzen Körper ausbreitete, bis in meine Zehen.

Eines der Fotos hatte sie geschossen, ohne dass ich es mitbekommen hatte. Darauf war Mathias zu sehen, der gerade aus dem See gekommen war, sich über mich beugte und das Wasser aus seinen Haaren schüttelte. Und ich, die ihn überrascht anschaute und lachte. Ich zoomte in mein Gesicht. Sah so jemand aus, der verliebt war? Ich zoomte wieder raus. Sahen so zwei aus, die ineinander verliebt waren?

Innerhalb von Sekunden wurde dieses Foto mein neuer Bildschirmhintergrund. Ein kleines Geheimnis, das ziemlich viel Platz im Herz und im Kopf und überall sonst einnahm.

Ich war so mit den Fotos und dem ganzen Scrollen und Rein- und Rauszoomen beschäftigt, dass ich den dunklen Schatten hinter meinem kleinen Wohnwagenfenster erst gar nicht bemerkte. Ich registrierte ihn erst, als ein kratzendes Geräusch zu hören war und dann ein Klopfen gegen das helle Plastik. Ich hielt die Luft an. Was zum Teufel war das? Gerade noch hatten wir über Einbrüche in Wohnwagen gesprochen und plötzlich machte jemand irgendwelchen Scheiß vor meinem Fenster? Ich schloss die Hand fester um mein Handy. Sollte ich Oma wecken? Es kratzte weiter am Fensterrahmen, als versuchte jemand, das Fenster von außen zu öffnen. Ich machte das Licht über meinem Bett an und das kratzende Geräusch verstummte. Jetzt war es völlig still. Ich traute mich immer noch nicht, zu atmen, das Herz raste in meiner Brust, und ich lag stocksteif da, den Blick aufs Fenster gerichtet.

Dann eine Stimme.

»Karoline?«

Die Stimme flüsterte erst ganz leise, wurde dann etwas lauter.

»Karoline? Kommst du raus?«

Oh Mann! Wer *das* war, wusste ich nur zu gut. Schnell schlüpfte ich aus meinem Schlafshirt, zog mein Kleid über, das am Fußende der Matratze gelegen hatte, schnappte mir einen Pullover und schlich ins Vorzelt. Dort hielt ich inne, bis ich von drinnen Omas gleichmäßiges Brummen hörte. Leise zog ich die Wohnwagentür hinter mir zu und öffnete den Reißverschluss des Vorzelts. Auf der Terrasse stand Mathias.

»Idiot!«, flüsterte ich und schlug mit dem Pullover nach ihm, bevor ich mir den Pulli um die Taille band.

»Hast du dich erschrocken? Schläfst du sonst nicht immer bei offenem Fenster? Ich wollte bloß fragen, ob du wach bist, aber das Fenster ging nicht auf.«

»Das hab ich doch wegen der Campingbande zugemacht, du Trottel!«, sagte ich und Mathias lachte leise.

»Hätte nicht gedacht, dass du den Quatsch glaubst.«

»Nein, aber trotzdem.« Ich kreuzte die Arme vor der Brust.

Wir standen immer noch auf der Terrasse, die Sonne war beinahe ganz untergegangen, aber es war noch warm.

»Was willst du?«

Er zuckte mit den Schultern. »Ich konnte nicht schlafen und da hab ich an dich gedacht. Kommst du?«

Er ging los, von Beverly Hills aus den Hügel hinunter, und ich folgte ihm, ohne zu antworten. Doch hätte er sich zu mir umgedreht, hätte mein Gesicht alles verraten. »Ich konnte nicht schlafen und da hab ich an dich gedacht.« Oh my god.

Schweigend liefen wir über den Platz in Richtung See. Es war spät, aber es waren längst noch nicht alle ins Bett gegangen. Immer noch zog ein leichter Duft nach Grillfleisch über den Platz und vereinzelt wehten Gesprächsfetzen und Gelächter von den Hütten, Zelten und Wohnwagen zu uns herüber. Als wir den Hügel mit dem Sanitärgebäude erreichten, drehte ich mich um und blickte über Hersjøen in all seiner Pracht. Von hier oben erinnerte der Campingplatz an einen Ameisenhügel oder an eine kleine Stadt. Auf den meisten Stellplätzen stand eine Laterne, und wenn es dunkel wurde, gingen die alle gleichzeitig an. Unzählige kleine Lichter dicht an dicht und dazu die Geräusche und Gerüche des Sommers.

»Was ist los?«, fragte Mathias und stellte sich neben mich.

»Wir sind Ameisen«, sagte ich und ging weiter.

»Ameisen. Na klar.« Er grinste.

Unten am See saß eine kleine Gruppe um einen Einmalgrill, doch wir liefen an ihnen vorbei und auf den Steg hinaus. Dort setzten wir uns wie viele Male zuvor, mit Blick auf den See und auf die andere Uferseite.

Mathias erzählte von einem Buch, das er gelesen hatte, und ich von dem, das ich gerade las. Allerdings behielt ich für mich, dass ich eigentlich gar nicht gelesen hatte, weil sich alle meine Gedanken um ihn drehten.

Er fragte mich nach meinen Freunden und Freundinnen,

nach unserem Dorf, meinen Eltern, und es dauerte ziemlich lange, bis ich merkte, dass ich einfach so drauflos geplappert hatte, ohne groß nachzudenken und ohne eine einzige Frage an ihn zurückzugeben.

»Ich red die ganze Zeit nur von mir«, sagte ich, nachdem ich ihm die ganze Geschichte mit unserem Haus erzählt hatte und wie Mama und Papa mich mehr oder weniger abgeschoben hatten, weil sie gerade renovierten, und ich nichts zu melden hatte.

»Das ist okay, ich bin eh nicht besonders interessant«, meinte Mathias.

»Doch. Ich finde dich interessant«, widersprach ich, und als ich kapierte, was ich gesagt hatte, musste ich schlucken.

Er lachte leise. »Okay, das ist doch ein guter Ausgangspunkt.«

»Wofür?«

»Für alles«, sagte er, stand auf, reichte mir die Hand und zog mich auf die Beine.

Die Leute mit dem Grill hockten immer noch am Ufer und ich dachte kurz daran, was Nes sagen würde, wenn er die verkohlten Stellen im Gras entdeckte, die der Einmalgrill hinterlassen hatte, denn Grillen war hier strengstens verboten.

»Wusstest du, dass die kleinen Hütten Streichholzschachteln heißen?«, fragte Mathias, als wir vom schmalen Pfad zum See zurück auf den Campingplatz kamen. Er zeigte auf die beiden Hütten, die direkt neben dem Sanitärgebäude standen; sie waren so winzig, dass die Tür fast die komplette vordere Wand einnahm.

»Hat Nes mir erzählt. Er hat echt für alles hier Spitznamen«, sagte er.

»Mhm«, sagte ich und überlegte, ob wir in den Minihütten wohl aufrecht stehen könnten. Wir waren beide ziemlich groß und die Hütten so winzig, dass unmöglich viel reinpassen konnte.

»Die sind bestimmt billig, sonst würde die doch niemand mieten«, sagte Mathias.

»Ja. Also, es gibt die Streichholzschachteln, die Prärie, Beverly Hills …«

»Pass auf!«, rief Mathias plötzlich und zog mich von dem schmalen Kiesweg. Ein viel zu schnell fahrendes Auto war um die Kurve bei den Toiletten gebogen und Mathias schubste mich gegen die Wand einer der Streichholzschachteln und drückte sich an mich.

Sein Körper war plötzlich ganz nah an meinem, so nah, dass sich unsere Gesichter beinahe berührten. Ich spürte seinen Atem an meinem Mund und mein Blick traf seinen.

»Diese verdammten E-Autos, die hört man einfach nicht«, murmelte er und bewegte sich nicht, obwohl das Auto längst weg war.

»Ja«, flüsterte ich. Und dachte *jetzt*. Jetzt tue ich es. Jetzt küsse ich ihn einfach. Es ist gar nicht schwer. Es ist leicht. Er ist so nah. Jetzt. Jetzt. Jetzt …

Genau in diesem Moment raste ein Motorrad über den Kiesweg an uns vorbei und wir fuhren erschrocken auseinander.

Mathias räusperte sich. Ich schaute zu Boden. Er schob die Hände in die Taschen und ging weiter den Weg entlang, ich hinterher.

Schweigend liefen wir nebeneinanderher und ich hätte verdammt viel dafür gegeben, seine Gedanken lesen zu können. Doch ich traute mich nicht, zu fragen.

»Ich muss mal schnell ...« Ich zeigte auf das Sanitärgebäude, das gerade hinter der Ecke zum Vorschein kam.

»Klar«, sagte Mathias.

Es kam mir vor, als könnte ich *fühlen*, wie das Blut durch meinen Körper rauschte. Als wäre ich lebendiger als sonst, dachte ich, während ich auf dem Klo saß.

Ich starrte auf die dünnen Adern an meinem Unterarm und fragte mich, ob mein Körper verstand, was hier gerade passierte. Dass alles in mir im Takt mit dem Einzigen schwang, was mein Kopf zu denken fähig war: *Ma-thi-as*, *Ma-thi-as*, *Ma-thi-as*.

Ich verbarg das Gesicht in den Händen, während ich vor mich hin lächelte, es war unmöglich, es nicht zu tun. Denn hätte er mich nicht beinahe geküsst? Eben, bei den Streichholzschachteln? Oder war ich es, die ihn fast geküsst hätte? Hätte ich es wirklich getan? Wenn dieses blöde Motorrad nicht gewesen wäre? Was für ein kranker Scheiß.

Ich hatte noch nie jemanden geküsst. Aber ich wollte gern. So gern wollte ich Mathias küssen. Wenn ich daran dachte, wie gern ich das wollte, wurde ich ganz zittrig. Und während ich mich abwischte, stellte ich mir vor, dass Mathias gerade draußen vor den Toiletten auf mich wartete. Wenn ich gleich rauskommen würde, würde er mir entgegenlaufen, mein Gesicht in die Hände nehmen und mich küssen.

Ein echter Filmstarkuss, der niemals zu Ende ging.

Kapitel 17

Als ich am nächsten Morgen um kurz vor neun aus dem Bett sprang, war ich voller Energie, obwohl ich nicht den Eindruck hatte, überhaupt geschlafen zu haben. Ich war wach, Oma war wach, Norah war bestimmt auch schon wach und musste Mathias nicht mittlerweile ebenfalls wach sein? Seit wann verabredeten wir uns eigentlich zu einer bestimmten Uhrzeit?

»Ich bin weg«, sagte ich zu Oma, die bloß nickte und mir hinterherwinkte. In meinem Bauch tanzten so einige Schmetterlinge, plötzlich war ich nervös. Das, was gestern Abend passiert war, fühlte sich auf einmal unwirklich an. War es nur ein surrealistischer Traum gewesen?

Zu einem Filmstarkuss war es nicht gekommen. Gewartet hatte Mathias aber auf mich, als ich von der Toilette gekommen war, und ich registrierte erst da, dass es inzwischen beinahe ganz dunkel geworden war. Der große Ameisenhügel wurde nur noch von den Laternen vor den Wohnwagen beleuchtet, ein Sternenstaub winzig kleiner Ferienhütten, in denen wir eine Zeit lang lebten. Wunderschön, dachte ich.

Und noch schöner war es, dass Mathias auf dem Weg nach Beverly Hills meine Hand nahm, seine Finger mit meinen verschränkte und sie nicht losließ, bis wir vor Omas Wohnwagen ankamen.

Die ganze Zeit über pochte mein Herz heftig und ich hoffte,

dass meine Hand nicht schwitzig war. Dann ging mir auf, dass meine Nervosität sicher nicht weniger wurde, wenn ich darüber nachdachte und dass ich das Grübeln deshalb lassen und die Situation lieber genießen sollte. Mathias hielt meine Hand. Hier und jetzt.

Es klappte so mittel. Und als er meine Hand losließ und sich zu mir beugte, dachte ich: *Ist es jetzt so weit? Küsst er mich jetzt?* Aber dann umarmte er mich nur.

»Morgen um elf?«, flüsterte er mir ins Ohr und kam mir dabei so nah, dass sich die Gänsehaut über die komplette Körperseite zog, auf der er stand.

»Ja«, flüsterte ich zurück.

Er drückte mich fest an sich, bis er sich schließlich von mir löste und sich verabschiedete. Dann ging er. Leise schlich ich mich zurück zum Wohnwagen, zog den Reißverschluss des Vorzelts so vorsichtig wie möglich auf und konzentrierte mich darauf, dass die Wohnwagentür nicht knackte, als ich sie öffnete und dann hinter mir zuzog. Die restliche Nacht träumte ich von ihm. Glaube ich jedenfalls, denn als ich wach wurde, schwirrte nichts als MATHIAS MATHIAS MATHIAS durch meinen Kopf. Aber das war ja nichts Neues.

Auf dem Weg zu ihm, als ich um die erste Ecke bog, hörte ich Nes' Stimme. Das war jetzt nicht besonders ungewöhnlich, dennoch blieb ich kurz stehen und lauschte. Zum Glück dröhnte seine tiefe Bassstimme ziemlich laut und als ich vorsichtig um die Ecke spähte, sah ich ihn unterhalb von Mathias' Terrasse wild gestikulieren. Wie immer trug er Holzschuhe.

»Jetzt sin se da!«, sagte er zu Mathias' Vater, der vor ihm

stand und die Augen mit einer Hand vor der Sonne abschirmte. Kurz darauf kam Mathias aus dem Vorzelt, das Handy in der Hand, Nes nickte und rief. Mathias war ein bisschen schicker angezogen als an einem normalen Campingplatz-Tag und trug eine Cap, die neu wirkte.

»Soll ich se hochschicken, oder wat?«, brüllte Nes und Mathias schüttelte heftig den Kopf.

Sein Vater schaute ihn an. »Nicht?«, fragte er.

»Nein, es ist besser, wenn wir das vorn machen«, sagte Mathias.

»Okay, bessere Reklame für mich. Ich leist ihnen Gesellschaft, bis Se da sind«, sagte Nes, stapfte zu seinem Pick-up und rangierte rückwärts aus Beverly Hills.

Reklame? Mathias' Vater sagte etwas zu ihm, das ich nicht verstand. Mathias nahm die Cap ab, setzte sie dann wieder auf. Langsam ging ich weiter auf ihren Platz zu. Jetzt konnte ich sie gut sehen und hören, aber sie hatten mich immer noch nicht entdeckt.

»Soll ich die anlassen? Oder lieber nicht?«, fragte Mathias.

»Vielleicht gehst du besser ohne?«, sagte sein Vater.

»Oder, was hältst du davon, wenn wir die Kameraleute fragen?«

»Okay«, sagte Mathias und dann stiegen sie ebenfalls ins Auto und fuhren davon.

Kameraleute? Was für Kameraleute? Ich folgte ihrem Auto durch die schmalen Wege von Beverly Hills, aber vor dem Hügel zur Rezeption hoch beschleunigten sie und waren verschwunden, bevor ich sie einholen konnte. Wohin wollten sie? Die Steigung zur Rezeption hoch war heftig, doch es ging besser als sonst, und als ich am Kiosk ankam, sah ich, dass ich schneller gewesen war als sie. Sie parkten und ich dachte gerade darüber nach, weshalb sie für das kurze Stück das Auto genommen hatten, als Mathias ausstieg und mich entdeckte.

»Karoline«, sagte er und erstarrte in der Bewegung.

»Oh, hi!« Ich konnte mich nicht entschließen, was ich mit meinen Händen machen sollte. Schließlich ließ ich sie einfach runterhängen und schnippte zweimal mit den Fingern.

»Was machst du denn hier? Wir wollten uns doch erst um elf treffen?«

»Ähm, ja«, sagte ich.

»Warum bist du hier?«, fragte er laut.

»Mathias!«, rief sein Vater im selben Moment.

Mathias drehte sich zu ihm um. Ich tat es ihm nach. Sein Vater stand neben einem weiteren Auto, groß und schwarz, das ich bis eben nicht bemerkt hatte. Mit ihm warteten zwei Männer mit mehreren riesigen Taschen. Mathias schaute noch einmal schnell zu mir, als überlegte er, was er tun sollte, bevor er die Hand zu einem seltsamen Gruß hob. Eigentlich sah es eher aus, als wollte er mir High Five geben oder bedeuten, dass ich stehen bleiben sollte. Als ob ich ein Hund wäre. So oder so funktionierte es, ich bewegte mich keinen Millimeter, während er sich von mir entfernte und auf die Typen am Auto zuging. Ich verschränkte lediglich die Arme vor der Brust. Warum fragte er *mich*, was ich hier machte? Woher wollte er wissen, dass Oma mich nicht zum Kiosk geschickt hatte, um Milch und Brot zu kaufen? So wie er es gesagt hatte, hörte es sich an, als hätte ich hier nichts zu suchen.

Mit schnellen Schritten ging Mathias auf das Auto zu und rückte dabei mehrmals seine Cap zurecht. Ein dritter Typ stieg aus dem schwarzen Wagen, grinste breit, als er Mathias entdeckte und lief auf ihn zu. Sie begrüßten sich wie echte Bros, mit nach vorn gebeugten Armen, als wollten sie Armdrücken. Wären sie nicht in Bewegung gewesen, wären sie bestimmt mit den Schultern voll übertrieben aneinandergestoßen, in so einer albernen Umarmung, die gar keine war. Sie unterhielten sich, waren aber zu weit entfernt, als dass ich etwas hätte verstehen können. Ich konnte nur ihre Umrisse erkennen, Mathias war etwas kleiner als der andere, der die Haare nach hinten gegelt trug, ein Oversized-Shirt über zu engen Shorts und eine fette Armbanduhr. Er sah fast ein bisschen aus wie …

Meine Gedanken wurden jäh unterbrochen, als die beiden sich umdrehten und auf mich zukamen. Plötzlich wusste ich, wer das neben Mathias war. Die Tattoos und das blendend weiße Grinsen. No way, das konnte nicht sein.

Kapitel 18

»Das ist, ähm, Karoline«, sagte Mathias und zeigte auf mich.

»Und Karoline, du kennst doch … na ja, eigentlich kennst du ihn natürlich nicht, aber das hier ist …«

»Chrissy. Aber nenn mich ruhig Chris«, sagte Chrissy, nahm meine Hand und schüttelte sie. Dann grinste er eins seiner perfekten Insta-Grinsen und schaute mir in die Augen. Seine Hand war warm. Aber seine Augen kamen irgendwie nicht richtig mit dem Grinsen mit, sie schauten mir einfach nur direkt ins Gesicht.

Und ich? Bekam kein Wort raus. Blieb völlig stumm. Ich guckte von Mathias zu Chrissy und wieder zurück und als Chrissy, oder *Chris*, meine Hand losließ, blieb ich wie eingefroren stehen, die Hand noch immer in der Luft.

»*Fette* Location habt ihr hier!« Chrissy setzte die Sonnenbrille auf, die er aus der Bodybag gezogen hatte, die er quer über der Brust trug.

Als er sich wieder zu mir drehte, konnte ich mein eigenes Spiegelbild in den Gläsern sehen. So wie gestern auf seinem Bild bei Insta. Mal abgesehen davon, dass das Mädchen in der Sonnenbrille kurze, sexy Shorts getragen hatte und ich eine alte Fußballhose und ein Top anhatte, was mich wie ein kleines Kind wirken ließ.

Mathias schaute mich an, ein wachsamer Ausdruck lag in seinem Blick. Hatte er Angst, dass ich was Dummes tun könnte? Mich Chrissy um den Hals werfen und ihn nicht mehr loslassen?

Selbst wenn ich das gewollt hätte, ich hätte es nicht gekonnt. Mein Körper funktionierte nur noch in Slow-Mo. Oder schlief ich und träumte bloß? Diskret kniff ich mich selbst in die Armbeuge. Au. Nein, das hier war echt.

»Was läuft?«, fragte ich, viel zu laut. Ich brüllte es beinahe über den Platz, offensichtlich hatte ich auch die Kontrolle über meine Stimme verloren. »Also, ich meine, was habt ihr vor?«, fragte ich, diesmal in normalerer Stimmlage.

»Jetzt wird ein bisschen gefilmt, Cutie«, sagte Chrissy und zwinkerte mir zu.

Mir wurde heiß. Chrissy hatte mich ›Cutie‹ genannt. Ich starrte ihn an, vergaß sogar, zu blinzeln.

»Bist du so weit, Mathias?«, fragte er dann und schlug Mathias auf die Schulter, bevor er auf dem Absatz kehrtmachte und zu den beiden anderen ging, die damit beschäftigt waren, das Kameraequipment auszupacken.

Mathias blieb noch einen Moment stehen, irgendwie in sich zusammengesunken, als hätte Chrissys kumpelhafter Schlag ihm einen kleinen Knacks verpasst.

»Was ist hier los, Mathias?«, fragte ich. »Kennt ihr euch?«

Mathias räusperte sich. »Sie wollen ein paar Sachen filmen«, sagte er und machte eine unbestimmte Bewegung in Richtung der Männer, die nun auf uns zukamen, einer von ihnen mit einer großen Kamera auf der Schulter.

»Filmen? Was denn? Hersjøen?«

»Ja, vor allem hier vorne, glaub ich, und dann auch noch was vom restlichen Platz.«

126

»Nes hat irgendwas von Reklame gesagt, als er vorhin bei euch am Wohnwagen war. Ist er deshalb hier?«, fragte ich und nickte zu Chrissy.

»Reklame?« Mathias' Ausdruck wirkte plötzlich seltsam und er selbst beinahe erleichtert. Er streckte sich wieder. »Reklame? Ja, genau«, sagte er.

Der andere Mann, der ohne Kamera, trug eine lange schwarze Stange. An ihrem Ende war etwas befestigt, das mich an einen zerzausten grauen Hund erinnerte. Er zeigte auf die Bänke vor dem Kiosk und der Mann mit der Kamera nickte. Sie gingen alle zusammen dorthin, Mathias, sein Vater und Chrissy folgten – Chrissy lief ganz hinten und sprach in sein Handy. Fasziniert guckte ich zu, wie der Kameramann und dieser andere Typ in der Nähe einer der Bänke mehrmals vor- und zurückgingen und dabei gestikulierten. Diskutierten sie, aus welchem Winkel sie am besten filmen sollten? Letztendlich schienen sie sich einig geworden zu sein und der Mann mit der langen Stange nestelte ein Headset aus der Tasche seiner Shorts. Ah, wahrscheinlich war er für den Ton zuständig. Der Kameramann schaute sich um, auch in meine Richtung, und machte eine Handbewegung, als wollte er etwas hinter mir verscheuchen.

Ich zuckte zusammen, als jemand einen schweren Arm auf meine Schulter legte.

»Ich glaub, wir gehn besser 'n Stück weg, Hansen«, sagte eine Stimme, die ich schnell als Nes' erkannte. »Die ham 'ne Heidenangst, dass was ihren Ton stört.«

Wir wichen im Kies zurück, bis wir fast wieder vor der Rezeption standen.

»Wissen Sie, was die vorhaben?«, fragte ich Nes.

Er kratzte sich am Hinterkopf. »Sie sprechen immer von Promo«, sagte er.

»Promo? Ist das so was wie Reklame?«

»Jau, wird wohl so was sein«, sagte er und stapfte in seinen Holzschuhen die Treppe zur Rezeption hoch. Er nickte vor sich hin. »Reklame, ja«, murmelte er.

»Aber wofür? Für den Campingplatz?«

Nes lachte kurz, ein heiseres Lachen tief aus der Kehle. »Das wär was!«, sagte er und verschwand in dem alten Bauernhaus, das als Rezeption diente.

Wahrscheinlich wollte er das Geschehen von drinnen beobachten, hinter seinem Verkaufstresen. Vielleicht konnte er von da sogar hören, was sie sagten. Ich stand zu weit entfernt, um was mitzubekommen, traute mich aber nicht näher ran, denn der Kameramann wirkte nicht wie einer, den man unbedingt um einen Gefallen bitten wollte. Selbst Mathias' Vater war ein ganzes Stück weggegangen und stand nun neben der Treppe, die zum Kiosk hochführte. Also blieb ich stehen, wo ich war, stocksteif, die Arme um den Körper geschlungen, und versuchte zu verstehen, was das alles sollte.

Chrissy hatte sein Telefonat beendet und ging zu Mathias, der irgendwie verunsichert wirkte, wie er da herumstand. Die Cap hatte er abgenommen, bestimmt war das eine Anweisung des Kameramanns gewesen. Er guckte sich um, überallhin, nur nicht zu mir.

Schließlich setzte er sich an ein Ende der Bank und faltete die Hände vor sich auf dem Tisch. Der Kameramann winkte Chrissy ran, der sich neben Mathias fallen ließ. Der Typ mit dem grauen Büschel von Mikrofon streckte das Ding hoch in die Luft, direkt über die Köpfe der beiden. Chrissy knuffte Mathias noch in den Rücken, woraufhin sich Mathias etwas aufrichtete. Er wirkte immer noch unsicher und schaute sich die ganze Zeit um, aber immerhin lächelte er jetzt.

Dann hob der Kameramann eine Hand. Und von einem Augenblick zum nächsten veränderte sich Chrissys Gesichtsausdruck komplett, er knipste quasi sein Insta-Grinsen an, das, was ich so gut kannte. Das, mit dem er mich vor zehn Minuten angegrinst hatte und das seine Augen nicht erreichte. Besser ließ sich das nicht erklären. Es sah aus, als würde er einen Schalter umlegen und – ding! Da war das Grinsen und seine Insta-Personality. Ein blendend weißes Million-Dollar-Smile. Das sonst immer die Schmetterlinge durch meinen Bauch hatte flattern lassen, doch diesmal wusste ich gar nicht, was in meinem Bauch vor sich ging. Ich hatte schon vor einer ganzen Weile den Kontakt zu ihm verloren.

Aber das Seltsamste war, dass Mathias dasselbe tat. Er kopierte Chrissy beinahe, strich sich ein letztes Mal durch die Haare und lächelte ein Million-Dollar-Lächeln, wie Chrissy. Ein Lächeln, von dem ich nicht gewusst hatte, dass er es in sich trug.

Emma hatte mir mal erzählt, dass ihr Onkel einen Bekannten hatte, der gehörlos war und nicht nur Gebärdensprache beherrschte, sondern sogar Lippenlesen konnte. Das hätte ich jetzt brauchen können! Ich war ja im wahrsten Sinne des Wortes gehörlos, wie ich hier stand und nichts von dem, was sie sagten, verstehen konnte.

Ich schaffte es nicht, den Blick von ihnen zu lösen. Da saßen sie, mein größter, geheimer Celebrity Crush, der längst nicht mehr so geheim war, und daneben der, auf den ich einen gar nicht so kleinen Real Crush hatte. Sie hätten nicht unterschiedlicher sein können, Mathias mit blondem Haar, während Chrissys dunkel war, Mathias in einem hellblauen T-Shirt und grünen Shorts, Chrissy von Kopf bis Fuß schwarz gekleidet. Chrissy hatte die Haare nach hinten gekämmt, vermutlich mit Unmengen Haarpflegeprodukten, die sie an ihrem Platz hielten und zum Glänzen brachten. Mathias' Haare sahen ziemlich wild aus, obwohl er zwischendurch immer wieder versuchte, sie zurückzustreichen. Bis jetzt hatte Chrissy vor allem im Internet und in meinem Kopf existiert, doch jetzt saßen sie hier plötzlich nebeneinander. Quicklebendig, Seite an Seite. Es war nicht zu verstehen und das tat ich auch nicht. Ich verstand überhaupt nichts. Und plötzlich ging es da drüben los.

Kapitel 19

Chrissy sprach direkt in die Kamera. Er machte eine ausladende Geste, wie um Hersjøen Camping hinter sich zu zeigen, dann wies er mit beiden Händen auf Mathias, als würde er ihn quasi vorstellen. Mathias hob eine Hand und winkte in die Kamera, das Lächeln immer noch wie ins Gesicht zementiert, sein Insta-Lächeln, und sagte etwas, das ich immer noch nicht hören konnte. So zogen sie ihre Show ab und die Zeit verging zugleich extrem schnell und wahnsinnig langsam. Langsam, weil mir in einer endlosen Schleife dieselben Fragen durch den Kopf schwirrten: Woher kannten sich Mathias und Chrissy? Was machte Chrissy überhaupt hier? Was für einen Werbeclip drehten sie? Und wenn ich nicht zufällig dazugestoßen wäre, hätte mir Mathias jemals davon erzählt?

Gleichzeitig raste die Zeit davon und auf einmal schienen sie fertig zu sein. Chrissy war aufgestanden und stand jetzt an dem niedrigen Jägerzaun, der die Rezeption eingrenzte, schon wieder telefonierend, und Mathias' Vater war auf dem Weg zu den Kameraleuten.

Ich wäre gern näher rangegangen, aber Mathias' Blick hielt mich davon ab. Er wirkte nicht direkt wütend, eher irgendwas zwischen durcheinander und … enttäuscht? Aber ich hatte doch nichts falsch gemacht.

Chrissy ging zurück zu den anderen und alle schienen sich

einig zu sein, dass die Szene im Kasten war. Mathias stand auf und die ganze Truppe kam in meine Richtung. Ich machte einen Schritt zur Seite, um nicht im Weg zu sein. Mathias kam neben mir zum Stehen, Chrissy ebenfalls.

»Sollen wir ein Foto machen, Cutie?«, fragte Chrissy.

Eigentlich hätte ich überglücklich sein müssen, dass er *mit mir* redete, aber stattdessen fühlte ich mich irgendwie komisch.

Es war surreal, neben ihm zu stehen, neben ihm, der mich gerade ›Cutie‹ genannt hatte. Aber vor allem war es komisch, dass Mathias auch da war. Dabei wollte ich nichts auf der Welt lieber, als in ihrer Nähe zu sein. Aber beide auf einmal, das war zu viel für meinen Kopf.

»Gib mir mal dein Handy«, sagte Chrissy, und ich gab es ihm.

»Komm, stell dich auch dazu, Mathias.« Er rückte näher an mich ran, ich spürte, wie Mathias dasselbe auf der anderen Seite tat. Schon lag Chrissys Arm um meine Schultern und Mathias' um meine Taille. Was für ein Traum! Aber ich war viel zu durcheinander, um es genießen zu können.

Chrissy knipste los und als er mir das Handy zurückgab, umarmte er mich. Oder drückte eher kurz meine Schultern. Er roch gut. Parfüm und noch was anderes, wahrscheinlich waren das die Haarpflegeprodukte. Ich wollte ihn an mich ziehen, wirklich *spüren*, dass Chrissy so nah bei mir war, und gleichzeitig wollte ich nur, dass er mich losließ. So hatte ich mir das nicht ausgemalt. Für ihn war ich nicht Karoline. Ich war nicht mal eine Freundin von Mathias, sondern einfach nur irgendein Fan, den er zufällig auf einem Campingplatz getroffen hatte. Vermutlich erinnerte er sich nicht mal an meinen Namen, nannte mich deshalb ›Cutie‹ und ging davon aus, dass mir das schmeichelte.

Und das stimmte ja auch. Zumindest war es anfangs so gewesen.

Nachdem mich beide losgelassen hatten, drehte Chrissy mir den Rücken zu und war nur noch mit Mathias beschäftigt. Von ›Cutie‹ zu unsichtbar in dreißig Sekunden. Wie eingefroren und ziemlich perplex blieb ich hinter ihm stehen.

»Was für ein abgefuckter Ort, Mann!«, sagte Chrissy, schlug Mathias wieder auf die Schulter und machte ein Zeichen zum Aufbruch.

»Ähm, ja«, sagte Mathias und starrte auf den Kies.

»Lass uns aus diesem Loch verschwinden, Mathias!«, brüllte Chrissy über die Schulter, während er zu dem schwarzen Auto ging und einstieg.

»Es gab eine Planänderung«, sagte Mathias zu mir. Er starrte immer noch auf den Kies.

»Okay?«

»Ja, ich dachte, wir wären hier bis elf fertig, aber jetzt fahren wir doch nach Oslo und machen da weiter, tja. Ich weiß nicht genau, wann wir zurück sind.«

»Mathias«, sagte ich. Erst da hob er den Blick und sah mich an.

Ich musterte sein Gesicht genau. Sein schönes, schönes Gesicht. Vielleicht war es in der Lage, aus dem Nichts ein Million-Dollar-Smile zu produzieren. Aber vor allem war es sehr viel ehrlicher als Chrissys. Gerade sah er so aus, als täte es ihm wirklich leid, vielleicht war ihm das Ganze auch ein bisschen peinlich. Auf seinen Wangen entdeckte ich nervöse rote Flecken und sein Blick flackerte.

»Ist das hier dein Job?«, fragte ich. Ohne zu wissen, was ich mit ›das hier‹ eigentlich meinte. Chrissy, die Filmaufnahmen, alles – um ein bisschen was aufzuzählen.

»Ähm«, sagte Mathias.

Ich sagte nichts mehr, wartete auf eine richtige Antwort.

»Könntest du das für dich behalten? Also Norah nichts davon erzählen?«, fragte er schließlich.

»Warum?«

»Ich erklär dir alles. Versprochen. Bis später, wenn ich zurück bin«, sagte er, wandte sich um und ging auf das Auto zu, in dem sein Vater hinter dem Lenkrad wartete.

»Ja, sieh besser zu, dass du so schnell wie möglich aus diesem *abgefuckten Loch* rauskommst«, sagte ich und hörte selbst, dass meine Stimme beinahe brach.

Mathias blieb stehen und drehte sich zu mir um.

»Sei doch nicht so«, sagte er.

»Sag du mir nicht, wie ich zu sein habe«, sagte ich.

Kapitel 20

Ich war immer noch wütend, als ich zurück zum Wohnwagen ging.

»Was ist passiert?«, fragte Oma.

»Nix!«, blaffte ich beinahe zurück, verschwand im Wohnwagen und knallte die Tür hinter mir zu. Das Einzige, was sich an diesem Ort voller Zelte und Reißverschlüsse überhaupt zuknallen ließ.

Drinnen war es dunkel. Eine Weile saß ich einfach nur untätig auf dem Bett, bis ich es an die Tür klopfen hörte. Arme Oma. Fühlte sich jetzt schon genötigt, an ihren eigenen Wohnwagen zu klopfen.

»Ja?«, fauchte ich.

»Norah ist da«, sagte Oma und ich öffnete die Tür. Tatsächlich stand Norah auf der Terrasse, ich sah, dass sie unter dem Kleid ihren Bikini anhatte, und der Gedanke, dass wir nur zu zweit am See sein würden, heiterte mich etwas auf. Vielleicht würde mich das ablenken.

»Wir fahren ins Freizeitbad. Willst du mitkommen?«, fragte Norah.

»Habt ihr denn Platz für mich?«

»Ja, ein Freund von meinem Bruder kommt mit, wir müssen also eh mit zwei Autos fahren.« Sie lächelte.

»Das klingt ja super«, sagte Oma.

Doch ich hatte keine Lust. Ich hatte auch nicht besonders

viel Lust, hier rumzuhängen, aber das war immer noch besser als in einem Schwimmbad rumzudümpeln.

»Nein, ich glaub, ich bleib hier«, sagte ich.

»Okay …«, sagte Norah.

»Warum das denn?«, fragte Oma überrascht. »Vielleicht wäre es schön, mal ein bisschen rauszukommen und …«

»Ich hab nein gesagt!« Es klang viel aufgebrachter, als ich gedacht hatte. Sofort begann es hinter meinen Lidern zu brennen. Warum war ich so?

»Kein Stress«, sagte Norah. »Ich hätt's schön gefunden, dich dabeizuhaben, aber okay, ich hab's kapiert. Du hast keine Lust.« Sie drehte sich weg.

Nachdem Norah sich verabschiedet hatte und nach Hause gegangen war, schaute Oma mich prüfend an.

»Manchmal verstehe ich dich nicht«, sagte sie.

»Tja«, sagte ich und zog mich wieder in den Wohnwagen zurück.

Diesmal ohne die Tür zuzuknallen, dafür warf ich mich demonstrativ aufs Bett. Ich fühlte mich wie das Klischee eines Teenagers in einem schlechten Film. Die Schwärze in meinem Bauch war zurück, meine Stimmung hatte sich komplett gedreht, ohne dass ich was dagegen machen konnte, und ich schaffte es nicht, da wieder rauszukommen. Mathias hatte gesagt, dass er mir alles erklären würde. Chrissy war echt nett gewesen. Trotzdem fühlte sich alles so falsch an. Falsch, falsch, falsch.

Zum hundertsten Mal klickte ich auf Chrissys Insta-Profil, sein Name stand immer ganz oben in meinen Suchanfragen. Doch er hatte nichts Neues gepostet. Kein Selfie mit Mathias und keine Story vom Herrlichen Hersjøen oder sonst irgendwas. Nur ein Bild vom Training am Vortag und eine nichtssagende Story, in der die Blätter irgendeines Baums im Wind flatterten. Er postete doch sonst ständig sinnlosen Kram, warum postete er dann nichts, wenn was Wichtiges passierte? *Bei Insta kann man sich auf niemanden verlassen*, dachte ich und swipte weiter. Vielleicht war es ja wirklich so, dass immer am meisten passierte, wenn man dachte, dass gar nichts passiert war, weil keiner was gepostet hatte.

Plötzlich fielen mir wieder die Fotos ein, die Chrissy vor dem Kiosk von uns geschossen hatte. Ich öffnete meinen Kameraordner und schaute sie mir an. Er sah aus wie immer, mit breitem Grinsen, weißen Zähnen und perfekten Haaren. Und Mathias stand neben mir und hatte ebenfalls sein Grinsen angeknipst. Er sah nicht aus wie er selbst, jedenfalls nicht wie auf den anderen Fotos, die ich von ihm hatte. Dazwischen stand ich.

Auf den ersten Fotos lächelte ich ein bisschen unsicher, nur auf dem letzten hatte ich anscheinend nicht mitgekriegt, dass ich fotografiert wurde und wirkte sauer, abwesend und total gelangweilt. Außerdem waren die beiden anderen gut angezogen, während ich wie der letzte Trottel aussah, den zwei Superstars aus reiner Wohltätigkeit aufgesammelt hatten, ein armer Groupie, der nicht in ihre Welt passte.

Was sollte ich mit diesen Fotos anfangen? Posten konnte ich sie jedenfalls nicht. Gestern hätte ich noch ungefähr alles für ein Foto mit Chrissy gegeben. Jetzt fühlte es sich schon komisch an, ihn nur zu betrachten. Nicht zuletzt, weil Mathias, oder irgendeine Version von Mathias, neben ihm stand.

Kannte ich ihn überhaupt? Heute fühlte es sich nicht so an.

Mit dem Zeigefinger markierte ich die Bilder und überlegte. Sollte ich sie einfach löschen?

Kapitel 21

Gegen elf Uhr abends kratzte wieder etwas an meinem Fenster. Diesmal erschrak ich nicht so sehr wie beim letzten Mal, trotzdem schlug mein Herz laut, während ich mich anzog.

Mathias stand vor unserer Terrasse und wartete auf mich, er sah müde aus.

»Berit?«, flüsterte er.

»Schläft«, sagte ich.

»Okay, gut.« Er nahm sofort meine Hand, ohne noch etwas zu sagen.

Seine Hand war warm, aber als wir am Wohnwagen von Norahs Familie vorbeikamen, ließ ich sie los. Just in case. Ich tat so, als müsste ich meine Haare richten. Zog das Haargummi raus und machte einen neuen Zopf. Auf dem Hauptweg griff ich wieder nach seiner Hand. Er guckte mich an, als hätte er mich bisher noch gar nicht richtig wahrgenommen.

»So«, sagte er.

»So«, sagte ich.

»Wir sind gerade erst zurückgekommen«, sagte er.

»Du siehst müde aus«, sagte ich.

»Danke, Mann. Richtig nett von dir«, sagte Mathias, doch er lächelte und ich wusste, dass er nur Spaß machte.

Schweigend gingen wir den Hügel hoch, zu den kleinen Hütten und dem Sanitärgebäude. Mathias' Schritte wirkten zielstrebig, als hätte er ein Ziel, wo er hinwollte. Schließlich kamen wir am höchsten Punkt des Campingplatzes an. Um uns herum standen die kleinen Hütten und wir blickten über die Prärie.

»Komm«, sagte er und zog mich mit sich, in Richtung des steilen Hangs, der in direkter Linie zum See abfiel.

»Wir können da nicht runter«, sagte ich, aber Mathias zerrte ungeduldig an meiner Hand. Ich folgte ihm widerstrebend.

Doch er steuerte nicht auf den Hang zu. Stattdessen bog er rechts in einen schmalen Weg, der mir noch nie aufgefallen war. Er führte über eine Treppe nach unten zu einigen Hütten. Auch die hatte ich noch nie gesehen. Jede von ihnen hatte ihre eigene schmale Treppe, die auf eine kleine Veranda mit Blick über den See führte. Mathias steuerte auf die Veranda der Hütte mit der Nummer zwei zu.

»Mathias, was ist, wenn da jemand wohnt?«, flüsterte ich halblaut.

Mathias antwortete nicht und ging einfach weiter, bis er auf der Veranda stand.

»Komm schon«, sagte er.

Ich machte ein paar Schritte bis zur untersten Treppenstufe und sah zu ihm hoch.

»Nes hat gesagt, dass die Hütte heute Nacht leer ist«, sagte er und streckte mir die Hand entgegen.

»Mathias …«

Wie meinte er das? Hatte er vor, hier zu übernachten?

»Denk nicht so viel, Karoline«, sagte Mathias und wedelte ungeduldig mit der Hand.

Ich nahm sie. Und als ich ein paar Stufen hochgegangen

war, staunte ich, was mich auf der kleinen Terrasse erwartete. Jemand hatte eine Decke auf dem Boden ausgebreitet und mitten darauf stand ein Korb mit Unmengen Süßigkeiten und Limonade.

»Ui«, sagte ich und blieb am Ende der Treppe stehen.

»Nes wollte mir den Schlüssel zur Hütte nicht geben. Aber er musste zugeben, dass er mir nicht verbieten kann, auf die Veranda zu gehen, wenn die Hütte eh leersteht«, sagte Mathias und setzte sich auf die Decke.

Ich setzte mich neben ihn. Und ließ den Blick über den See schweifen. Es war wunderschön, der rosa- und orangefarbene Himmel spiegelte sich im Wasser. Wir waren ziemlich hoch, oberhalb der Baumkronen am steilen Abhang, man konnte über den kompletten See und die Umgebung gucken.

Mathias hatte zweifellos die allerschönste Aussicht des Campingplatzes gefunden.

»Wow«, sagte ich.

»I know«, sagte Mathias und kippte den Korbinhalt zwischen uns.

Ich erkannte die Auswahl des Campingplatz-Kiosks wieder und suchte mir eine kleine Tafel Schokolade aus. Mathias öffnete eine Tüte Salzheringe.

Ich wollte unbedingt ein Foto machen, obwohl so eine Aussicht auf Fotos nie so gut rüberkommt wie in echt. Ich kramte nach meinen Handy, bis mir einfiel, dass ich es im Wohnwagen gelassen hatte, wo es zum Laden an der Steckdose hing.

»Ich wusste nicht, dass es hier so einen Ausblick gibt«, sagte ich.

»Ich auch nicht, ich hab den Weg erst vor ein paar Tagen

entdeckt und dachte, dass ich dir diesen Ort unbedingt zeigen muss«, sagte Mathias.

»Und dann hast du das hier auf die Beine gestellt und den ganzen Kram gekauft?«

Mathias schüttelte den Kopf. »Ich hab Nes gebeten, mir was zusammenzustellen. Und offenbar war er so zufrieden mit der Werbung für den Campingplatz, dass er ordentlich aufgefahren hat.« Mathias schob sich einen Hering in den Mund. »Er ist eigentlich echt okay«, ergänzte er.

»Mhm, apropos Werbung …«, sagte ich und schaute ihn an. Mathias antwortete nicht, zeigte nur auf seinen Mund voller Salzheringe und starrte auf einen Punkt irgendwo auf dem Wasser. Ein kleines Lächeln umspielte seine Lippen.

Anscheinend hatte er vor, mich noch länger warten zu lassen. Also gut, dachte ich und aß meine Schokolade. Sollte das hier eine Entschuldigung für die Szene heute Vormittag sein? Oder was hatte er sich dabei gedacht? Es funktioniert jedenfalls, in meinem Inneren fühlte es sich nicht mehr ganz so schwarz an. Er hatte mir ein paar rosa Wolken gegeben, auf die ich mich konzentrieren konnte. Und das Ganze hier. Eine großartige Überraschung.

»Sorry für vorhin«, sagte Mathias plötzlich. »Das ist echt dumm gelaufen. Mit Chrissy und so.«

Er schaute mich abwartend an, aber ich schwieg.

Er holte tief Luft. »Die Sache ist die … also, ich kenne Chrissy. Noch nicht so lange, aber wir … hm … arbeiten sozusagen zusammen.«

Ich schaute ihn einfach nur an, wusste nicht, was ich sagen sollte. Klar, ich hatte kapiert, dass sie was miteinander zu tun hatten, aber wie viel davon hing mit Mathias' Job zusammen?

»Und ich wusste doch nicht, dass du, na ja, auf ihn stehst, bis Norah das letztens erzählt hat. Voll weird, als ihr da plötzlich drüber geredet habt. Also das war jedenfalls irgendwie voll komisch und ich wusste nicht, was ich tun sollte.«

Ich erinnerte mich an Mathias' komischen Gesichtsausdruck, als wir über unsere Celebrity Crushes gesprochen hatten. Jetzt verstand ich besser, worüber er damals nachgedacht hatte.

»Also dachte ich, wenn wir uns für eine feste Uhrzeit verabreden, schaffe ich es, erst die Szenen mit Chrissy zu drehen und dich und vermutlich auch Norah hinterher zu treffen.«

»Und mir nichts davon zu erzählen?«

»Hm … ja«, sagte Mathias ehrlich. »Aber dann hat der Plan halt nicht hingehauen.« Er lächelte vorsichtig, fuhr sich mit der Hand durchs Haar und schaute über den See.

»Warum sollte ich denn nichts davon mitbekommen, Mathias? War ich dir so peinlich, hattest du Angst, dass ich es versauen würde?«

»What? Das stimmt nicht. *Mir* war es peinlich«, sagte er leise.

Ich musste wie ein einziges großes Fragezeichen ausgesehen haben, denn Mathias seufzte. Er beugte sich vor, legte die Arme auf die aufgestellten Knie und starrte weiter in die Ferne. Ich verstand es einfach nicht. Was sollte Mathias peinlich sein? Ausgerechnet ihm, der von allen, die ich kannte, am meisten er selbst war.

»Hast du schon mal …«, fing er an.

»Ja?«

»Keine Ahnung, hast du schon mal einerseits richtig, *richtig* Lust gehabt, was zu machen, aber gleichzeitig hattest du Angst davor, was die anderen sagen würden? Ob es ihnen gefallen würde?«

»Hmm.« Ich dachte nach. Nein, ich konnte mich nicht erinnern, das schon einmal erlebt zu haben. »Ich glaub nicht. Also höchstens, wenn ich was bei Insta poste«, sagte ich und fühlte mich dabei ein bisschen dumm. So ein Post war ja nichts, worüber man groß nachdenken musste, alle anderen machten das doch auch einfach so.

»Ja! Genau!«, sagte Mathias. »Genau das meine ich. Nur … größer. Dass noch mehr Leute es sehen. Selbst wenn es was Megacooles ist, richtig, richtig cool, ist es gleichzeitig megagruselig.«

»Mhm«, machte ich nur. Ich verstand immer noch nicht ganz, was er meinte.

»Kannst du mir nicht einfach erzählen, worum es geht?«, fragte ich. »Also was du eigentlich machst?«

Mathias drehte sich um und schaute mich ernst an.

Kapitel 22

»Erinnerst du dich noch daran, dass ich dir erzählt habe, dass ich beim Abschlussfest vor den Ferien mit meiner Band aufgetreten bin?«

Ich nickte.

»Ich hab gesagt, dass ich Klavier spiele, und das stimmt auch.«

»Ja?«

»Mhm.« Mathias zögerte. »Es war nicht unser erster Auftritt, wir hatten vorher ab und zu schon welche. Und dann hat jemand ein paar Videos von unseren Auftritten auf YouTube hochgeladen. Und im April haben uns irgendwelche Leute aus Chrissys Team kontaktiert und gefragt, ob ich mir vorstellen könnte, im Sommer bei was dabei zu sein. Also eigentlich bloß jede Menge Auditions. Das ist, was ich in Oslo mache, überwiegend jedenfalls.«

»Auditions? So was wie ein Casting?«

»Ja, so Proben halt.«

»Mit deiner Band?«

Auf Mathias' Stirn erschien eine Falte. »Nein, das ist es ja. Sie haben nur mich eingeladen. Die anderen nicht.«

»Oh. Und was haben die dazu gesagt?«

»Nichts. Sie wissen nicht davon.«

»Nicht mal sie?«

Mathias schüttelte den Kopf. Sofort tat er mir leid, er wirkte so verloren. Sah so aus, als hätte er nicht nur vor mir Geheimnisse.

»Bestimmt wird eh nichts draus«, sagte er leise.

»Woraus?«

»Na ja, aus diesen Auditions ... Sie wählen einen aus, der dann weiterkommt, so halt.«

»Was heißt ›weiter‹? Trifft Chrissy die Entscheidung? Wie viele machen denn mit?«

»Äh«, sagte Mathias und verstummte.

Es war schwer zu sagen, ob er verlegen war oder nur genervt davon, dass er über etwas reden musste, das er bisher für sich behalten hatte und von dem er mir eindeutig nichts erzählt hätte, hätte ich ihn nicht zufällig enttarnt. Oder er wusste nicht, welche Frage er zuerst beantworten sollte.

Ich versuchte, ihm zu helfen. »Nimmt der, der gewinnt, einen Song mit Chrissy auf? Suchen sie dafür jemanden?«

Mathias lächelte leicht. Seine Schultern senkten sich ein wenig, er entspannte sich langsam.

»Ich würd total gern weiterkommen«, sagte er.

»Du *musst* weiterkommen«, sagte ich und sah Chrissy und Mathias auf dem Cover für einen Song vor mir. Insta-Smile-Overload mit den beiden attraktivsten Typen ever. Wenn *das* nicht ziehen würde, keine Ahnung.

»Tja, jedenfalls weiß ich noch nicht, wie's weitergeht, aber es macht Megaspaß, dabei zu sein, und gerade drehen wir halt so'n paar Videos, die ...«

»Die Chrissy bei Insta postet«, ergänzte ich.

Das klang logisch. Mathias schaute mich zögerlich an. Als ob er wollte, dass ich sagte, dass ich das okay fand.

»Wow, das klingt echt nice!«, sagte ich, um ihm deutlich zu machen, dass er keinen Grund hatte, sich zu schämen.

Mathias schaute in den Himmel. Der Horizont war immer noch rosa und orange, selbst der Mond wirkte beinahe rot. Ich dachte über das nach, was Mathias mir eben erzählt hatte. Jetzt ergab alles Sinn. Mathias' komisches Verhalten ebenso wie Chrissys kryptische Texte bei Insta in den letzten Wochen. ›Searching for talent‹ und so. Ich grinste.

»Was ist denn so lustig?«, fragte Mathias.

»Nichts. Oder, ich hab an Chrissy gedacht. Manchmal ist es schwer, zu verstehen, was er sagen will, aber jetzt kapier ich ein bisschen mehr.«

»Ach so. Er ist ein Weirdo«, sagte Mathias.

»Aber weshalb war er hier, was habt ihr heute gedreht?«

»Ach, das war so'n Promo-Ding.«

»Das hat Nes auch gesagt.«

»Echt? Yo, ganz schön krasse Wortwahl für ihn«, sagte Mathias.

»Mhm, ich glaube, er hat sich voll wichtig gefühlt, als er mir davon erzählt hat.«

Mathias lachte leise. Ich war unsicher, wie lange ich ihn noch ausquetschen konnte, dabei war ich so was von neugierig. Mathias schien gleichzeitig verlegen und erleichtert zu sein, dass er mir endlich erzählt hatte, was er in Oslo machte. Ich verstand jetzt besser, was er damit gemeint hatte, dass er das einerseits unbedingt wollte, aber andererseits Angst davor hatte, was andere dazu sagen würden. Das konnte ich echt nachvollziehen. Immerhin war Chrissy einer der größten Stars in Norwegen und hatte mehrere Hunderttausend Follower. Und es gab sicher ebenso viele, die eine klare Meinung zu ihm hatten. Wenn Mathias mit ihm zusammen Schlagzeilen machen würde, könnten alle im Kommentarbereich posten, was sie davon hielten. Das war ziemlich gruselig.

»Ich hab dich noch nie singen gehört«, sagte ich.

»Doch, hast du schon«, sagte Mathias.

Ich schüttelte den Kopf. »Nicht richtig. Nur irgendwelche Lieder mitsummen. Machst du ja ständig. Aber deine Singstimme hab ich noch nie gehört.«

»Ich habe nicht vor, hier und jetzt für dich zu singen, falls du darauf hinauswillst.« Mathias grinste.

Mir wurde heiß. Dachte er, das wäre ein Hint gewesen, dass er aufstehen und einen Lovesong für mich singen sollte, oder was? So hatte ich das nicht gemeint.

»Schon gut«, sagte ich.

»Kannst du das noch ein bisschen für dich behalten? Also vor Norah?«, fragte Mathias. »Ich erzähl es ihr schon noch. Aber du weißt doch, wie sie ist, es wird dann irgendwie so groß. Ich weiß ja noch nicht mal, ob ich am Ende wirklich dabei bin.«

»Mhm. Ich sag ihr nichts.«

Mathias stützte sich hinter dem Rücken mit den Armen auf. Ich hatte mich ans Geländer gelehnt und schaute ihn an.

»Aber cool wär's schon, oder?«, fragte ich. »Also wenn du plötzlich bei Chrissys Projekt dabei wärst? Wird er zwischendurch was bei Insta posten und dann auch, wer den Song mit ihm aufnehmen darf? Stell dir vor, er wählt dich aus. Dass du einen Song aufnehmen darfst. Berühmt wirst? Ein echter Superstar? Nachher brauchst du noch Bodyguards!«

Mathias lachte, das schönste Geräusch der Welt.

»Träume sind erlaubt«, sagte er und schob sich auf der Decke etwas näher an mich heran.

So dicht neben Mathias zu sitzen, ließ Hunderte Schmetterlinge durch meinen Bauch flattern. Die Wärme seines Körpers zu spüren, den Geruch seiner Kleidung und seiner Haut zu riechen. Wenn er sich jetzt zu mir drehen würde, wäre das ein perfekter erster Kuss.

Weiter kam ich nicht mit meinen Gedanken.

»Da sind sie!«, rief jemand von der Ecke der Hütte her und eine Sekunde später traf mich ein scharfer Lichtstrahl mitten ins Gesicht.

Kapitel 23

»Da sind sie!«, rief eine bekannte Stimme und als sich der Lichtstrahl zu Mathias weiterbewegte, erkannte ich, dass Oma und Nes unten an der Treppe standen und zu uns hochleuchteten.

»Oma?«

»Kommt sofort runter! Beide!«, rief sie und wedelte aufgebracht mit dem Arm, als könnte sie uns so zu sich runterziehen.

Ich schaute zu Mathias. Er sah deutlich ruhiger aus, als ich mich fühlte, so was von cringe, quasi auf frischer Tat ertappt zu werden – dabei hatten wir gar nichts angestellt.

»Ist euch klar, wie spät es ist?«, wurde uns von unten zugerufen.

Keiner von uns antwortete, wir räumten nur die Sachen zusammen und standen auf, um runterzugehen.

»Ich nehm das schon«, sagte Mathias, klemmte sich alles unter den Arm und stieg als Erster die Treppe hinab. Er ging an Oma vorbei, die ihn wütend anstarrte, bevor sie sich mir mit demselben Blick zuwandte.

»Sorry«, sagte ich.

Oma antwortete nicht. Sie wies lediglich in die Richtung, in die ich gehen sollte. Ich folgte Mathias bis zum Wendeplatz, Oma und Nes hinter uns. Immer noch erhellte der kräftige Lichtstrahl von Nes' Taschenlampe den Asphalt.

»Sorry«, wiederholte ich.

Wieder schwieg Oma. Es wäre angenehmer gewesen, wenn sie uns ausgeschimpft hätte, diese Stille war kaum zu ertragen. Zum Glück währte sie nicht lange.

»Kannst du dir *vorstellen*, was für Sorgen ich mir gemacht hab? Was ich für eine Angst bekommen habe, als ich feststellen musste, dass du nicht in deinem Bett liegst?«

»Sorry«, sagte ich noch mal.

»Und als du nicht ans Handy gegangen bist? Ich hab dich bestimmt fünfzehnmal angerufen, bevor ich gemerkt habe, dass du das Handy im Wohnwagen gelassen hattest!«

»Sorry.«

»Ich musste Roar wecken!«

»Sorry«, sagte ich zu Nes.

»Es war reines Glück, dass er wusste, wo ihr seid!«, sagte Oma, immer noch mit lauter Stimme.

»Sorry.«

Ich trottete hinter ihr nach Beverly Hills hoch, während sie ununterbrochen wütend weiterredete, wie unverantwortlich wir waren und dass wir uns nicht einbilden sollten, irgendwas anderes als Kinder zu sein, und dass wir uns nicht einbilden sollten, wir könnten uns einfach so auf dem Platz rumtreiben, was, wenn wir ins Wasser gefallen wären oder, schlimmer noch, wenn uns jemand Alkohol angeboten hätte!

Mathias ging neben mir. Sein Blick war unmöglich zu deuten. Er wirkte schuldbewusst und amüsiert zugleich, als könnte er jederzeit anfangen zu lachen oder zu weinen.

Mathias' Eltern reagierten anders als Oma. Nach allem, was ich mitbekam, reagierten sie überhaupt nicht. Sie kamen jedenfalls nicht mal raus, Mathias bog einfach nur zu ihrem Wohnwagen ab und flüsterte leise »tschüss«. Aber vielleicht hatten seine Eltern auch nicht gecheckt, dass er noch draußen war. Das war ja das Problem hier, wie Oma tausendmal betonte, und das konnte ich, wenn ich ganz ehrlich war, auch verstehen: Ich hatte ihr nicht Bescheid gesagt. Ich hätte überall sein können.

»Ich *verstehe* nicht, dass du nicht darüber nachgedacht hast«, sagte Oma, als wir am Wohnwagen angekommen waren. »Und dass du dein Handy liegen gelassen hast, sodass ich dich nicht erreichen konnte. Was hast du dir nur *dabei* gedacht?«

Jetzt entscheid dich mal, ob ich nun was gedacht hab oder nicht, dachte ich, sprach es aber nicht aus.

»Sorry«, sagte ich stattdessen.

Oma schien sich ausgeschimpft zu haben. Sie ließ sich neben mich aufs Sofa fallen und legte die Hände in den Schoß.

»Ausgerechnet du, ausgerechnet, nachdem du von der Campingbande erzählt hattest, ich habe mir alles Mögliche vorgestellt, was passiert sein könnte«, sagte sie mit einem erschöpften Lächeln.

Ich musste ein bisschen grinsen. Ja, ja, wir, die nicht an die Campingbande glaubten. Oma schaute mich an, dann hob sie die Hand und strich mir übers Haar.

»Du *musst* mir Bescheid sagen, wohin du gehst«, sagte sie. »Du kannst mir ja auch eine Nachricht schreiben. Du darfst ja raus, vielleicht nicht ganz so spät wie heute Abend, aber auf jeden Fall *muss* ich wissen, wo du bist, selbst wenn ich schlafe. Okay?«

»Okay«, sagte ich und lehnte mich an sie. »Entschuldige, Oma«, sagte ich noch einmal. »Ich hab kapiert, dass du dir Sorgen gemacht hast. Das wollte ich nicht.«

Sie streichelte mir über den Kopf. »Erst hab ich mir Sorgen gemacht«, sagte sie. »Dann bin ich wütend geworden. Das bin ich immer noch, und deshalb hast du jetzt Hausarrest«, sagte sie ruhig.

»Was? Machst du Witze?«

»Nein. Du musst natürlich nicht im Wohnwagen bleiben, aber du darfst unseren Stellplatz nicht verlassen«, sagte sie.

»Häh? Und wenn ich kacken muss? Oder duschen will?«

Oma schaute mich resigniert an.

»Du weißt selbst, dass das nicht zählt«, sagte sie und fügte hinzu: »Dann komme ich einfach mit.«

»Aber … wie lange denn?«

»Das werden wir sehen«, sagte sie.

Dann machte sie das Licht aus, ging in ihr kleines Kämmerchen und zog die Tür hinter sich zu.

»Gute Nacht«, sagte sie.

Ich antwortete nicht. Schickte Mathias eine Nachricht. »Hausarrest« schrieb ich, mit einem traurigen Emoji.

Dein Ernst? Shit.

> **Mein Ernst. Sie ist stinksauer. Ich hätte das Handy mitnehmen sollen.**

Bummer. Heißt es eigentlich Hausarrest, wenn man in einem Wohnwagen ist?

Gute Frage, dachte ich. Immer mehr Nachrichten von Mathias trudelten ein:

Campingarrest?

Wagenburg?

Vorzeltzwangsaufenthalt.

Sühne auf Terrassenbühne.

Ich lächelte unter der Bettdecke vor mich hin. Nach einem der schönsten Abende meines Lebens. Das war es beinahe wert gewesen.

Kapitel 24

Der kleine Teil von mir, der gehofft hatte, dass Oma das mit dem Hausarrest nicht ernst gemeint hatte, wurde bereits beim Frühstück vom Gegenteil überzeugt. Norah kam vorbei, wie immer, und schien vergessen zu haben, wie schlecht gelaunt und komisch ich mich ihr gegenüber gestern benommen hatte.

»Schon gut«, sagte sie, als ich versuchte, mich zu entschuldigen. »War eh nicht besonders spannend da.«

Kurz danach kam Mathias.

»Zum See?«, fragte Norah.

Oma warf mir einen strengen Blick über ihre Brille zu, bevor sie im Vorzelt verschwand.

»Ähm, ich fürchte, ich kann heute nicht«, antwortete ich.

Norah erinnerte an ein Fragezeichen. »Warum nicht?«

»Das erzähle ich dir«, sagte Mathias und fasste sie am Arm. »Wir müssen heute wohl zu zweit klarkommen«, fügte er hinzu.

Das aus seinem Mund zu hören, gab mir einen Stich. Obwohl er gestern Nacht mit mir zusammen gewesen war, nicht mit Norah. Außerdem hatte, dass wir den Abend zusammen verbracht hatten, zum Teil ja damit zu tun, dass er mir eine Erklärung geschuldet hatte. Ich schluckte schwer.

»Was mich nicht umbringt, macht mich stärker!«, sagte ich und hob die Hand zu einem etwas unbeholfenem Gruß, als sie von der Terrassenplattform hüpften.

Ich schaute ihnen nach, wie sie den Weg hinunter verschwanden. Ihre Gestalten wurden kleiner und kleiner, Mathias gestikulierte wild mit den Armen und Norah drehte sich mehrmals zu mir um.

Natürlich ließ Oma mich während meines Hausarrests nicht einfach auf der Terrasse sitzen und mich sonnen. Nein, es war egal, dass draußen bestimmt 25 Grad waren – es musste geputzt werden. Alles musste geputzt werden. Und gestaubsaugt werden musste auch. Und aufgeräumt und sortiert. Sie war nicht zufrieden, bevor ich nicht die Betten neu bezogen, die Bettwäsche zum Waschraum und, als sie sauber war, wieder zurückgebracht und sogar das kleine Wägelchen mit dem Campingklo zum Sanitärgebäude gerollt und das Klo geleert hatte.

Nachdem wir zu Abend gegessen hatten, ohne viel miteinander zu reden, saßen wir, jede auf ihrem Stuhl, auf der Terrasse. Oma löste ein Kreuzworträtsel und sagte zwar nichts, sah aber recht zufrieden aus und nicht mehr so wütend und enttäuscht wie gestern. Ich scrollte durch Chrissys Insta-Account. Mehr aus alter Gewohnheit, er hatte irgendwie seinen Glanz verloren, nachdem ich ihn kennengelernt hatte. Allerdings interessierte mich, ob er was zu Mathias und diesem neuen Projekt, mit dem sie beschäftigt waren, gepostet hatte. Doch das hatte er nicht. Er hatte bloß ein weiteres nichtssagendes Selfie hochgeladen, auf dem das Lächeln, sein Haar und die Sonnenbrille perfekt saßen. »Living my best life«, schrieb er.

Lebte ich mein bestes Leben? Vielleicht nicht gerade hier

und jetzt, in einem Liegestuhl und mit Hausarrest, aber insgesamt war es eigentlich gar nicht so schlecht.

Etwas später entdeckte ich Norah, bevor sie mich sah. Sie kam von ihrem Stellplatz und war auf dem Weg zu uns. Sie schaute zu Boden und hob den Blick erst kurz vor unserer Terrasse.

»Hi«, sagte sie. Sie wirkte irgendwie gedämpft und ihr Gesicht ein wenig geschwollen. Hatte sie geweint?

Ich stand auf und schaute fragend zu Oma. Sie musterte Norah über den Brillenrand hinweg, dann machte sie eine ausladende Handbewegung, wie um »bitte schön« zu sagen, stand auf und ging ins Zelt.

»Ist was passiert?«

»Mathias hat es mir erzählt«, sagte sie.

»Alles?«

Er hatte mich ja extra gebeten, Norah nichts von Chrissy und diesen Auditions zu sagen, und jetzt hatte er es ihr selbst erzählt?

»Dass ihr gestern unterwegs wart. Und dass das schon das zweite Mal war. Und ... tja, dass er in dich verliebt ist«, sagte Norah.

Sie lächelte mich an, aber ich sah, dass ihre Augen glänzten.

»Meinst du?«, fragte ich.

»Hundertpro. Ich hab gehofft, dass er mich auch ein bisschen mag, ich find ihn nämlich richtig toll. Tja ... ist nicht so.«

»Aber es verliebt sich nie jemand in mich«, sagte ich.

»In mich auch nicht«, sagte Norah.

Wir lachten beide ein bisschen.

»Echt jetzt, Karoline. Er mag dich. Er war voll traurig, dass du heute nicht mitdurftest und irgendwie so rastlos, genau wie du, wenn er nicht da ist. Er spricht ständig von dir«, sagte Norah.

»Wirklich?«

»Ja. Das ist meganervig«, sagte sie und kicherte.

Sie legte kurz die Handflächen auf ihre Augen, bevor sie die Hände wieder aus dem Gesicht nahm und mich geradeheraus anschaute. »So! Jetzt sollte ich mich einfach für dich freuen«, sagte sie.

Die Schmetterlinge schwirrten wieder durch meinen Bauch. Alles fühlte sich viel realer an, wenn ich mit Norah darüber sprach. Sollte ich glauben, dass Mathias wirklich auch auf mich stand?

»Und jetzt? Ich weiß nicht, was ich tun soll«, sagte ich nervös.

»Ich finde, du gehst jetzt zu Mathias und sprichst mit ihm«, sagte Norah. »Und dann knutscht ihr oder whatever, während ich *Friends* gucke und Chips futtere.«

»Oh, Norah«, sagte ich und stand auf, um sie zu umarmen.

Dabei konnte ich nicht einfach zu Mathias gehen und mit ihm reden, wegen diesem blöden Campingarrest. Als Norah nach einer Weile zurück zu ihrem eigenen Wohnwagen gegangen war, blieb ich auf der Holzplattform sitzen, die Arme um die Knie geschlungen, und schaute über Hersjøen. Unseren Bienenstock, den Ameisenhügel. Unsere kleine Sommerwelt. Wie viele andere wohl heute Abend herumsaßen und an jemanden dachten, in den sie verliebt waren?

Oma kam raus und setzte sich neben mich. »Ich verstehe

vielleicht nicht alles, aber dass dich etwas beschäftigt, verstehe ich«, sagt sie.

»Mhm«, sagte ich.

»Und ich will nichts kaputtmachen oder dich daran hindern, all das zu erleben, was du erleben solltest.« Sie lächelte mir zu. »Wenn du also deine Lektion gelernt hast, wenn du sie *wirklich* gelernt hast und mir versprichst, dass du mir künftig *jedes* Mal eine Nachricht schreibst, wenn du irgendwo hingehst, und wenn du vielleicht versuchst, vor ein Uhr nachts zu Hause zu sein ...«

»Ja? Was dann?«, fragte ich und hielt beinahe die Luft an.

»Dann meine ich, dass es für diesmal mit dem Hausarrest reicht«, sagte sie.

»Oh! Oma!«

Ich warf mich ihr um den Hals und drückte sie fest.

»Ich habe den Anblick von dir und dem Campingklo so genossen, dass ich fast ein schlechtes Gewissen hab«, sagte sie. »Und jetzt ab mit dir, bevor ich es mir anders überlege!«

Ich sprang auf, blieb dann aber ein bisschen ratlos stehen. Was jetzt? Sollte ich einfach bei Mathias reinplatzen und rufen, dass ich in ihn verliebt war? Ihm schreiben und fragen, ob wir uns treffen konnten? Sollte ich warten, bis es dunkel wurde und es dann so machen wie er – an sein Fenster klopfen? Nein, Letzteres jedenfalls nicht, ich wusste nämlich nicht, wo sein Bett war. Ich konnte schlecht riskieren, seinen Vater zu wecken. Ohne mich für einen Plan entschieden zu haben, machte ich mich auf den Weg zu seinem Wohnwagen.

Kapitel 25

Auf einem tiefen Sessel, der mit einem Lammfell gepolstert war, saß Mathias' Mutter ganz allein vor ihrem Wohnwagen. Sie hatte die Beine übergeschlagen und hielt ein Glas in der Hand, mit Rotwein, nahm ich an. Sie wirkte fast ein bisschen philosophisch, oder jedenfalls träumerisch, und guckte in die Ferne, vielleicht irgendwo in Richtung Prärie. Sie hatte nicht gehört, dass ich auf sie zugekommen war. Aus dem Vorzelt dudelte Céline Dion mit diesem »I am your laaady, and you are my maaan«, das ständig auf den Radiosendern lief, die Oma hörte. Einen kurzen Moment lang wirkte das wie der Soundtrack zu meinem eigenen Film, in dem ich lief und stolperte und versuchte, mutig zu sein. Ich hatte mich noch nicht entschieden, was ich zu Mathias sagen würde oder wie ich es ihm sagen sollte, aber vielleicht würde sich das ganz von selbst ergeben, wenn wir miteinander sprachen?

Von Nahem machte Mathias' Mutter den Eindruck, in einem ganz anderen Film mitzuspielen. Sie wirkte irgendwie verloren. Ich räusperte mich vorsichtig und endlich bemerkte sie mich.

»Hallo«, sagte ich. »Ist Mathias da?«

»Nein«, sagte sie und stellte das Glas auf dem Tisch ab. »Ausgerechnet heute Abend bin ich allein.«

Sie war irgendwie seltsam, es sah fast so aus, als würde sie gleich in Tränen ausbrechen, und das machte mich plötzlich verlegen. Am liebsten hätte ich gefragt, ob es ihr gut gehe, aber ich kannte sie doch gar nicht richtig, und nun wusste ich nicht, was ich sagen sollte.

»Okay, trotzdem vielen Dank«, stotterte ich, was mir sofort peinlich war. Wofür bedankte ich mich denn?

»Ich sag ihm, dass du hier warst«, sagte sie und lächelte. Ich hob die Hand zu einem schrägen ›Danke-und-auf-Wiedersehen‹-Gruß und ging zurück zu unserem Platz.

Nur einige Minuten später schrieb Mathias und mein Puls stieg sofort. Ich starrte die Benachrichtigung eine ganze Weile an, ohne sie zu öffnen, denn solange ich sie nicht aufrief und las, konnten es ja sowohl gute als auch schlechte Neuigkeiten sein.

Dann kam noch eine Nachricht, wieder von Mathias. Ich atmete tief in den Bauch und öffnete die App.

Ich zelte heute Nacht in der Prärie.

Es ist ganz schön einsam hier …

Und als ich die Texte gerade gelesen hatte und das breite Lächeln auf meinem Gesicht spürte, tickte eine weitere ein.

You wanna join? 😃♡

Mein Puls raste davon. Wie meinte er das? Oder: Es war klar, dass er wollte, dass ich ihn in der Prärie besuchte, aber ›join‹? Er meinte ja wohl nicht, dass ich mit ihm im Zelt übernachten sollte? Ich presste die Lippen fest aufeinander und dachte kurz an Emma und dass sie mich immer bat, die Nachrichten, die sie bekam, für sie zu deuten. Sie hatte ein besonderes Talent, in völlig unschuldigen Texten die seltsamsten Signale zwischen den Zeilen zu erahnen. Sollte ich ihr schreiben und sie um Rat bitten? So: »SOS, was meint er damit?« Er konnte unmöglich wirklich vorschlagen, dass wir zusammen zelteten. Nur wir beide. Allein der Gedanke versetzte mir augenblicklich einen solchen Stich in die Seite, dass das Einatmen wehtat. Wie im Sportunterricht, dabei stand ich völlig still. Ich schnappte mir meinen Pullover, der auf einem der Stühle lag, und machte mich auf den Weg zur Prärie. *Denk nicht so viel, Karoline*, flüsterte ich vor mich hin, dieselben Worte, die Mathias gestern zu mir gesagt hatte. Dass er das gesagt hatte, hatte ein bisschen geholfen. Dass ich sie nun wiederholte, half einen Scheißdreck.

Unterwegs hielt ich einmal an, um zu checken, ob man mein Herz unter der Haut und durch das dünne Shirt, das ich trug, schlagen sehen konnte. Konnte man nicht. Aber als ich meine Hand auf die Stelle legte, verriet mich mein Herz in null Komma nichts.

Bis zum Sonnenuntergang dauerte es noch ein bisschen, aber die Sonne stand schon ziemlich tief am Himmel und badete die Prärie in weichem Abendlicht. Es war nicht schwer, Mathias und sein Zelt zu finden. Unter anderem deshalb, weil nur zwei weitere Zelte auf der Rasenfläche aufgebaut waren, und vor denen saßen Touristen, denen ich im Vorbeigehen zunickte. Ihre Nummernschilder waren deutsch, und weil sie nebeneinander im trockenen Gras hockten und sich mit Flaschen mit ausländischen Etiketten zuprosteten, schloss ich, dass sie zusammen unterwegs sein mussten. Außerdem erkannte ich Mathias' Zelt daran, dass es das einzige war, von dessen Dach eine Piratenflagge wehte.

Als ich näher kam, hörte ich jemanden Gitarre spielen, und

als ich mich noch weiter näherte, erkannte ich, dass es Mathias war. Er spielte immer wieder dieselbe kleine Melodie, einen Song, den ich nicht kannte. Er konnte also auch noch Gitarre spielen? War ja klar.

»Aye, aye, Captain«, sagte ich, als ich ihn beinahe erreicht hatte, und Mathias schaute auf. Er lächelte.

»Heuerst du an?« Grinsend ließ er die Gitarre neben sich ins Gras fallen.

»Heuern? Was ist das?«

»Anheuern. Das ist Seemannssprache und bedeutet, dass man an Bord geht und Teil der Crew wird. Glaub ich jedenfalls«, sagte er.

Er rutschte auf der Decke, die er vor den Zelteingang gelegt hatte, zur Seite, um mir Platz zu machen.

»So«, sagte er.

»So«, sagte ich.

»Keine Sühne auf der Terrassenbühne mehr?«

Ich schüttelte den Kopf. »Ich glaube, Oma hatte Mitleid, nachdem sie mich gezwungen hat, das Klo sauberzumachen«, sagte ich.

Mathias rümpfte die Nase. »Bäh«, sagte er.

»I know.«

Einen Moment lang schwieg er. Von der Prärie aus hatte man fast den kompletten Campingplatz im Blick, weit oben strahlten die hell erleuchteten Fenster der Rezeption. Ich kniff die Augen zusammen, versuchte, Nes' Silhouette im Gebäude zu erahnen.

»Hast du mit Mama gesprochen?«, fragte Mathias.

»Ja«, sagte ich. »Sie saß ganz allein vor eurem Wohnwagen.«

»Was hat sie gemacht? Oder, hat sie dir irgendwas erzählt?«

»Sie hat gesagt, dass sie ausgerechnet heute Abend ganz allein ist. Und sie hat Wein getrunken und Musik gehört«, sagte ich und überlegte, ob ich hinzufügen sollte, dass sie traurig ausgesehen hatte. Aber das war wahrscheinlich keine gute Idee, ich war mir ja gar nicht sicher.

»›The Power of Love?‹«

Ich schaute ihn entgeistert an. »Was?«

Mathias stand auf, legte dramatisch die Hand aufs Herz und begann zu singen: »The whispers in the morning ... of lovers sleee-heeping thight. Are rolling by like thunder now, as I look in your eyes.«

Ich konnte mich nicht entscheiden, ob mich das verlegen machen oder ob ich lachen sollte. Als er »eyes« sang, zeigte er mit zwei Finger erst auf seine Augen, dann auf meine, und ich grinste, während er weitermachte. Das war eindeutig der Song, den seine Mutter gehört hatte, ich erkannte ihn auch in der dramatischen Mathias-Version wieder. Die Deutschen neben uns hatten die Show jetzt auch bemerkt und klatschten und grölten zum Refrain. Und als sie anfingen, mitzusingen, fiel ich ebenfalls ein. Schon sangen wir alle aus vollem Hals: »Cause I'm your laaaadyyyy ... and you are my maaaan« und ich versuchte, Mathias' Spiel mitzuspielen, auf ihn zu zeigen, nicht so viel zu denken und übertrieben mit ihm zu flirten, nur so zum Spaß. Irgendwann wurde mir meine schrille Stimme allerdings allzu bewusst und ich ging dazu über, zu lachen und mit den Deutschen im Takt zu klatschen. Nachdem Mathias den Refrain zweimal gesungen hatten, sprangen sie auf, gaben ihm Standing Ovations und winkten ihn zu sich.

Als er zurückkam, hielt er zwei Flaschen in der Hand, Limo, nahm ich an, und eine Tüte Chips.

»Sie haben ›sänk ju for de scho‹ gesagt und dass ich das hier für mein ›bijutifull görlfrent‹ mitnehmen soll«, sagte er mit übertriebenem deutschen Akzent und ich wurde rot, während ich eine der beiden Flaschen entgegennahm.

Nachdem Mathias unter großer Anstrengung die Kronkorken aufbekommen hatte – erst versuchte er es mit Hilfe eines Buchcovers, dann mit der seiner Zähne und schließlich der eines Schlüsselanhängers, den er ganz unten in seinem Rucksack gefunden hatte –, saßen wir wieder nebeneinander, etwas dichter als vor der Gesangseinlage.

»Prost!«, sagte er und stieß mit seiner Flasche gegen meine, bevor er den ersten Schluck nahm. Ich tat es ihm nach. Das Getränk schmeckte ein bisschen säuerlich und ungewohnt, aber ziemlich gut.

»Wenn Mama nicht gut drauf ist, hört sie immer dieses Lied«, erklärte Mathias und starrte auf die Flasche, die er zwischen den Handflächen hin- und herrollte. »Kein Wunder, dass ich es auswendig kann«, fügte er mit leichtem Grinsen hinzu.

»Sie ist schlecht drauf? Weil du zeltest?«, fragte ich vorsichtig.

»Ja.«

»Okay.«

»Ich hab's auf dem Platz nicht ausgehalten. Papa ist übers Wochenende mit meinem Bruder bei irgendso 'nem Eishockey-Turnier in Lillehammer, aber ich wollte lieber hierbleiben. Und dann wurde alles richtig doof. Weil du nicht rausdurftest und so. Als Mama dann auch noch mit ihrer Dreiliterbox Wein rumsaß und Céline Dion angemacht hat, ist mir alles zu viel geworden.«

»Oh.«

»Also hab ich das Zelt gepackt und bin hierhergekommen«, sagte er und ergänzte: »Keine Sorge, Nes weiß Bescheid.«

Ich grinste. Der Gedanke an Nes' Eigenheiten amüsierte mich. Es war kein Geheimnis, das Nes ständig nach ungebetenen Gästen und, wie er sie nannte, »Scheißschmarotzern« Ausschau hielt.

»Ist wohl besser so«, sagte ich. »Sonst hätte er dich noch mitten in der Nacht k. o. geschlagen und nach Hause geschleppt.«

»Ja, echt jetzt! Dabei wollte ich bloß ein bisschen Gitarre spielen, Musik mit tiefsinnigen Texten hören und down sein«, sagte er.

Ich lachte kurz und fühlte mich mutig. Als Mathias also meine halbleere Flasche nahm und sie außerhalb der Decke neben seine stellte, griff ich nach seiner Hand. Er reagierte sofort und verschränkte seine Finger mit meinen.

»Ich bin extrem froh, dass du mir geschrieben hast, statt down zu sein«, sagte ich und legte unsere Hände auf meinen Oberschenkel, sodass ich seine Hand in meine beiden nehmen konnte. Er rückte noch etwas näher heran.

»Gut, dass du zu Mama gegangen bist und sie mir Bescheid gesagt hat«, sagte er.

Er streichelte meine Hand mit dem Daumen, spielte mit unseren ineinandergeflochtenen Fingern, zupfte leicht an meinen bunten Perlenarmbändern.

»Weißt du, warum sie traurig ist?«

»Wer, Mama?«

Ich nickte.

Er zögerte. »Weil ... ich glaube, es gibt mehrere Gründe. Aber vor allem ... ich bin mir ziemlich sicher, dass sie sich scheiden lassen«, sagte er tonlos.

»Häh, machst du Witze? Haben sie das gesagt?«

»Nein.« Er zog seine Hand aus meinem Schoß und vergrub das Gesicht in den Händen, ließ den Kopf hängen. Weinte er?

»Wir müssen nicht drüber reden, wenn du nicht willst«, sagte ich schnell.

Aber dann passierte das Schöne, er griff mit beiden Händen nach meiner und ließ die Fingerkuppen über den Handrücken und die Handfläche gleiten, bis zu meinem Unterarm. Augenblicklich bekam ich Gänsehaut und er lachte leise über den Anblick, der sich ihm bot, die dunklen Haare auf meinem Arm, die alle gleichzeitig Haltung annahmen.

»Du bist die Erste, der ich davon erzähle«, sagte er leise.

»Okay.«

»Also, ich hab noch nicht mal mit meinem Bruder drüber gesprochen oder so, irgendwie finde ich, er ist zu klein, dabei ist er schon zehn. Eigentlich kein kleines Kind mehr.«

»Nein.«

Er strich weiterhin mit einer Hand über meinen Arm, während die andere mit meiner verflochten war und ich drückte sie kurz. Ein kleines Signal.

»Am auffälligsten ist, dass sie überhaupt nichts mehr *zusammen* machen. Sie sind fast nie gleichzeitig zu Hause und tun so, als hinge das nur damit zusammen, dass sie so viel zu tun haben. Aber wenn wir mal alle zu Hause sind, ist die Stimmung so schlecht, dass wir fast erleichtert sind, wenn wir freitags unsere Tacos aufgegessen haben und jeder wieder in sein Zimmer gehen kann.«

»Krass.«

»Mhm. Ich bin's so leid, dass keiner was sagt. Wir tun so, als wär alles normal. Dann haut Papa ab, sobald was beim Eishockeyclub los ist, und Mama trinkt Wein und hört Céline Dion rauf und runter.«

»Und du? Was machst du?«

»Ich hau zum Zelten ab«, sagte er lächelnd.

»Machst du das zu Hause auch?«

»Nein. Oder, wer weiß, vielleicht hätte ich es im Sommer doch gemacht. Aber wir sind ja hierhergefahren, statt zu Hause zu sein. Keine Ahnung, was sie sich davon versprochen haben, aber besser ist es zwischen ihnen jedenfalls nicht geworden.«

»Krass«, wiederholte ich. Was Klügeres fiel mir nicht ein. Obwohl ich ihm gern gesagt hätte, wie sehr ich es liebte, dass er mir das erzählte. Dass ich am liebsten auf seinen Schoß gekrochen wäre, sodass er beide Arme um mich legen und mir sein komplettes Leben erzählen konnte. Aber da war ja noch, dass ich nicht völlig verrückt rüberkommen wollte.

»Ja, das kannst du laut sagen!«, sagte Mathias. »Im Moment ist alles ein einziges Chaos.«

»Vielleicht wird es nach dem Sommer besser«, sagte ich.

»Das bezweifle ich«, antwortete er.

»Warum?«

»Hmm«, sagte Mathias und hörte meine Frage nicht. Oder

er tat nur so, als hätte er nicht gehört, was ich gesagt hatte. Sein Blick war auf die Deutschen gerichtet, plötzlich sehr interessiert daran, was sie machten.

»Ich wusste nicht, dass du auch Gitarre spielst«, sagte ich. »Was war das, was du vorhin gespielt hast?«

Er zuckte die Schultern.

»Nur was, das ich mir ausgedacht hab«, sagte er und klang etwas widerwillig.

»Nicht dein Ernst, du schreibst auch noch eigene Songs?«

»Nein, nein. Oder na ja, so ein bisschen, ich versuch's zumindest.« Er lächelte.

»Scheint, dass ich noch eine Menge nicht über dich weiß«, sagte ich. »Obwohl es sich anfühlt, als würde ich dich ziemlich gut kennen, und zwar schon ewig.«

»Same«, sagte Mathias. »Ich will alles über dich wissen.« Er lächelte und schaute mir in die Augen. Dieser Blick, in dem ich beinahe ertrinken könnte, ich fühlte mich zittrig, bis in die Zehen.

»Jetzt hast du immerhin für mich gesungen. Und du hast voll das Talent«, sagte ich.

»Findest du?« Er lächelte wieder, das schönste Lächeln der Welt.

»Voll! Und das trotz diesem schrecklichen Céline-Dion-Lied. Wenn du es singst, würde ich es mir auch tausendmal hintereinander anhören. Aber nicht, weil ich schlecht drauf bin«, sagte ich und wieder traf mein Blick seinen. Seine grünen Augen bohrten sich in meine.

Und dann passierte es. Er küsste mich, endlich.

Kapitel 26

In all den ungeküssten Jahren hatte ich ausgerechnet übers Küssen ziemlich viel nachgedacht. Emma hatte es geschafft, sich schon bis zur sechsten Klasse durch alle Jungs in unserer *und* in der Parallelklasse zu küssen, deshalb war sie irgendwann nicht mehr sonderlich an dem Thema interessiert. Ich war stets interessiert, hatte aber das Gefühl, dass es eh nicht passieren würde, also machte es auch keinen Sinn, darauf hinzufiebern. Wer hätte mich schon küssen sollen? Wie hätte es dazu kommen können? In mich war nie jemand verliebt. Und so wie Mathias hatte ich selbst auch noch nie jemanden gesehen. Es war einfach ein Riesenglück, dass der, von dem ich den ersten Kuss bekam, auch der Erste war, der mich zum Beben brachte, indem er lediglich mit seinem Daumen über meinen strich. Der mir Seitenstechen machte, nur weil er mir eine Nachricht schickte. Gott sei Dank küsste er mich, ich weiß echt nicht, was ich sonst getan hätte. Echt nicht!

Mathias' Lippen waren weich und warm. Er schmeckte so, wie ich wahrscheinlich auch: würzig nach den deutschen Kartoffelchips mit einem Nachgeschmack nach Limonade. Vorsichtig traf meine Zunge seine und das Gefühl, das in mir aufstieg, war beinahe unbeschreiblich. Ein bisschen so, als explodierte etwas so heftig in mir, dass ich ihn am liebsten an mich gezogen hätte und für immer so liegen geblieben wäre. Gleichzeitig sah ich uns wie von außen und wünschte mir, langsam zu machen und jeden einzelnen Moment zu genießen. Ich öffnete die Augen ein Stück und sah, dass seine geschlossen waren, er beugte sich zu mir und legte eine Hand in meinen Nacken, um mich näher an sich heranzuziehen. Das war das Beste, was ich je gefühlt hatte, und ich beeilte mich, die Augen wieder zu schließen. Als er sich nach wer weiß wie lange zurückzog und ich die Augen öffnete, schaute er mich an und lachte leise.

»Shit«, sagte ich.

»Das kannst du laut sagen«, sagte er und lachte noch einmal.

Er beugte sich wieder zu mir und ich schloss die Augen, aber nichts geschah. Ich schlug die Augen auf und sah, dass Mathias sein Handy hervorgezogen hatte, es vibrierte in seiner Hand.

»Geh nicht ran«, sagte ich.

»Sorry«, sagte er, stand auf und rief mit fröhlicher Stimme »Hallo!«. Als wäre nichts gewesen, sagte er das, anscheinend hatte das, was gerade passiert war, keine Auswirkungen auf ihn gehabt. Mit dem Handy am Ohr entfernte er sich von mir, ging an den Deutschen vorbei, fast bis ans Ende der Prärie. Dort hielt er an und redete, grinste die ganze Zeit über breit. Mit wem telefonierte er, wer machte ihn so glücklich?

Während er weg war, checkte ich die Uhrzeit auf dem Handy, sagte Oma Bescheid, dass ich mit Mathias unterwegs war und fragte, ob ich noch etwas bleiben dürfe.

»Sei bis eins zurück. Ich vertraue dir. Grüß Mathias, gute Nacht«, schrieb Oma und ich hätte sie für diese Nachricht küssen können. Als Antwort schickte ich ihr tausend Herzchen.

Auf dem Rückweg blieb Mathias noch mal bei den Deutschen stehen, sie klangen ziemlich besoffen und grölten rum. Sie schienen ihn überreden zu wollen, noch etwas zu singen. Aber er hielt abwehrend die Hände hoch, lachte und sagte etwas in der Art, dass sie nach elf still sein mussten.

»Not my rules!«, hörte ich ihn sagen, während die Deutschen ein unisones »Nooo« anstimmten und ich über die Szene schmunzelte, über ihn, der den staubigen Kiesweg durch die Prärie entlangschlenderte, zurück zu mir.

»Wer war das gerade?«, fragte ich, als er sich wieder neben mich setzte.

»Niemand«, sagte er.

Aber wenn einen Niemand anrief, grinste man ja wohl während des Gesprächs nicht so und musste auch nicht weggehen, damit der andere nicht mithören konnte.

»Du schienst ziemlich happy zu sein, mit Niemand zu telefonieren«, sagte ich.

»Du«, sagte Mathias und nahm meine Hand.

Ich ließ es zu, obwohl es sich anders anfühlte als vorhin.

»Warum habe ich den Eindruck, dass du mir zwar viel erzählst, aber nicht alles?«, fragte ich leise.

Keine Ahnung, ob Mathias die Frage hörte, aber ich drückte seine Hand kurz besonders fest. Sie war warm. Und dann beugte er sich zu mir und küsste mich noch einmal.

Die Explosion war diesmal nicht ganz so heftig, aber dieses verrückte Gefühl, das mir am ganzen Körper, von den Ohren bis zu den Oberschenkeln, Gänsehaut machte – dieses Gefühl war voll und ganz da.

»Ist dir kalt?«, flüsterte Mathias direkt an meinem Ohr, er

war auf meine Seite der Decke gerutscht und hatte die Arme um mich gelegt.

»Ein bisschen«, sagte ich und merkte erst da, dass es stimmte. Die Sonne war beinahe untergegangen und die Luft deutlich kühler geworden. Ich zog den Pullover über, den ich mitgenommen hatte, und Mathias verschwand im Zelt, um sich eine dünne Jacke zu holen.

»Komm her«, sagte er, als er wieder draußen war, und ich kroch auf seinen Schoß, genau so, wie ich es mir ausgemalt hatte, den Rücken an seinen Bauch gepresst und seine Arme beschützend um mich.

»Frierst du jetzt?«, fragte er zärtlich in mein Ohr und löste damit eine neue Runde unkontrolliertes Zittern aus, ein behaglicher Schauder für jedes Wort, das er in mein Ohr hauchte.

»Nein«, sagte ich und zog seine Arme enger um mich.

Einfach so dazusitzen, in Mathias' Armen, mich klein zu fühlen, obwohl wir fast gleich groß waren, das Gefühl zu genießen, dass er mich auch mochte und mich nah bei sich haben wollte – das war womöglich das Schönste, was ich je erlebt hatte.

»Du bist wunderbar, weißt du das?«, flüsterte er und ich hätte ohnmächtig werden können. Stattdessen drückte ich erneut seine Hand, ein heimliches Zeichen, das er deuten konnte, wie er wollte, aber ich wusste, was es bedeutete. Dass ich in diesem Moment nirgendwo anders auf der Welt sein wollte als genau hier.

Mathias summte leise, erst die Melodie, die er vorhin, als ich gekommen war, auf der Gitarre gespielt hatte, dann das Lied, das er eben gesungen hatte.

Ich kicherte.

»Lachst du über mich?«, fragte Mathias und verstärkte seinen Griff, als wollte er mir drohen.

»Nicht über dich, über Céline Dion«, sagte ich.

Da grinste Mathias ebenfalls.

»Wer hätte gedacht, dass es Céline Dion braucht, damit du dich für mich interessierst«, sagte Mathias.

Ich drehte mich in seinem Schoß um, um ihm in die Augen schauen zu können.

»Daran lag es nicht, du hättest mich schon viel früher küssen können«, sagte ich und ignorierte, dass mir im selben Moment die Röte ins Gesicht stieg.

»Wann denn zum Beispiel?«, fragte Mathias. Er lächelte die ganze Zeit über, während er mich anschaute, seine Augen erinnerten an kleine Halbmonde mit dichten Wimpern.

»Unten bei den Streichholzschachteln, zum Beispiel.«

»Als dieses Motorrad kam?«

»Mhm.«

»Ja. Das hätte ich gern getan«, sagte er.

»Echt?«

»Ja. Warum hast *du* mich eigentlich nicht geküsst? Also wenn du es doch wolltest?«

»Ich wusste nicht, ob *du* wolltest«, sagte ich.

Mathias schüttelte den Kopf. Aber er lächelte immer noch. Ich lächelte auch, es war völlig unmöglich, nicht zu lächeln.

»Ich hätte gewollt, auf jeden Fall. Auch schon früher …«

»Wie lange denn schon?«

»Lange. Mindestens seit Norah verraten hat, dass du auf Chrissy stehst. Da war ich nämlich richtig eifersüchtig.«

Ich kicherte. »Echt jetzt? So richtig?«

»Ja. Und als ihr euch kennengelernt habt und er dich ›Cutie‹ genannt hat und so … Das war so was von creepy. Weiß auch nicht, ich war sauer, weil er das gesagt hat und gleichzeitig hatte ich ein bisschen Angst, dass du ihn jetzt noch toller findest und … keine Ahnung, dass du mich sitzen lässt?«

Ich musste schon wieder ein bisschen lachen. Der Gedanke erschien mir so was von absurd. Aber noch vor ein paar Wochen war ich hundert Prozent mehr an Chrissy als an Mathias interessiert gewesen. Es fühlte sich an, als wäre das ewig her.

»Es war eigentlich ganz nett, Chrissy kennenzulernen«, sagte ich.

»Das kann ich mir vorstellen«, unterbrach Mathias mich.

»Nein, hör mir zu! Es war ganz nett, ihn kennenzulernen, weil sich dieser ganze Celebrity Crush damit so'n bisschen erledigt hat, weißt du? Ich fand ihn irgendwie komisch.«

»Echt?«

»Hallo?! Er hat behauptet, Hersjøen sei ein Loch«, sagte ich. »Not funny.«

Mathias lachte sanft. »Ja, irgendwo muss Schluss sein«, sagte er und küsste mich auf den Kopf.

Kapitel 27

Der Sommer neigte sich dem Ende zu. Jeden Morgen schreckte ich im feuchtkalten Wohnwagen hoch, aus Angst, verschlafen zu haben und deshalb weniger Zeit mit Mathias verbringen zu können. Ich wollte nichts anderes, als ständig mit ihm zusammen zu sein, und verfluchte die Tage, die wir damit verschwendet hatten, nicht zusammen zu sein, obwohl es schon viel früher möglich gewesen wäre. Vielleicht.

Seit dem Abend, an dem wir uns zum ersten Mal geküsst hatten, kam er jeden Abend bei uns vorbei und klopfte an mein Fenster. Ab und zu war Oma dann noch wach, saß sogar noch auf der Terrasse. Sie musste mitbekommen haben, was vor sich ging. Aber sie sagte nichts dazu, nur dass ich mein Handy mitnehmen und vor eins zurück sein sollte und dass wir uns amüsieren sollten. Dabei kniff sie mich scherzhaft in die Wange. Wenn ich zurückkam, schlief sie meistens schon. Manchmal rief sie, wenn ich reinkam: »Karoline, bist du's?« aus ihrem Schlafwagen, und ich antwortete mit »ja« und dachte, dass es ja wohl kaum jemand anderes sein konnte. Ab und zu, in diesen tropischen Nächten, die zu warm waren, um irgendetwas anderes zu machen, saß sie immer noch draußen, wenn wir kamen. Dann blieb Mathias manchmal noch auf eine Runde Yatzy, bevor ich ihn die paar Meter nach Hause brachte und wir uns im toten Winkel zwischen den Wohnwagen küssten. Jeden Abend spazierten wir über den Campingplatz, redeten über Gott und die Welt und nie gingen uns die Themen aus. Wir trieben uns in den dunklen Ecken bei den Hütten herum oder versteckten uns ganz hinten in dem kleinen Durchgang vor dem Waschraum, um zu knutschen.

»Wovon träumst du?«, fragte er an einem dieser Abende.

»Nachts?«

»Nein, ich meine ... hast du einen Traum? Also etwas, das du unbedingt erleben willst?«

»Ich weiß nicht.«

Tatsächlich hatte ich noch nie darüber nachgedacht. Ich war irgendwie nie so eine gewesen, die tausend Zukunftsträume hatte oder sich ausmalte, wie alles mal werden würde. Okay, vielleicht träumte ich ein bisschen davon, aus dem Dorf rauszukommen. Aber irgendwie auch nicht so sehr, dass es drängte. Es war, wie es war, so what.

»Im Moment träume ich vor allem davon, dass dieser Sommer nie zu Ende geht«, sagte ich.

»Mhm«, sagte Mathias und hielt meine Hände in seinen.

»Und du?«

Es war eine ganze Weile still.

»Ich träume auch davon, dass es einfach immer weitergeht«, sagte er. »Aber das geht ja nicht.«

Ich schluckte schwer. Es ließ sich nicht leugnen, dass weniger gemeinsame Tage vor als hinter uns lagen. Doch bis jetzt hatte das noch keiner von uns laut ausgesprochen. Ich biss mir auf die Lippe. Ich hatte keine Lust, etwas dazu zu sagen, zu fragen, was mir die letzten zwei Tage wieder und wieder durch den Kopf gegangen war. Aber irgendwann mussten wir darüber reden.

»Aber ... was passiert nach dem Sommer? Was willst du?«

»Ich weiß nicht ... Im Herbst steht so viel an ... Es ist kompliziert«, sagte Mathias und ich spürte, wie sich eine plötzliche Kälte auf meine Brust legte und es sich dort bequem machte. Warum kompliziert? Entweder, er wollte mit mir zusammen sein oder nicht. Was war daran kompliziert?

Aber natürlich war es das doch. Das verstand ich schon. Wir wohnten an zwei unterschiedlichen Enden des Landes. Wie sollten wir es schaffen, uns zu sehen? Nie im Leben würden mich meine Eltern mehrere Stunden lang reisen lassen, um jemanden zu treffen, den sie selbst nicht kannten.

»Woran denkst du?«, fragte Mathias.

»An eine Menge verschiedener Dinge«, sagte ich.

Und dann redeten wir nicht weiter darüber. Aber das hinderte die kalte Kralle in meinem Bauch nicht daran, in regelmäßigen Abständen zuzuschlagen, mich daran zu erinnern, dass das Schönste, was ich je erlebt hatte, bald zu Ende gehen würde, und ich nichts tun konnte, um es zu verhindern. Mir blieb nichts anderes übrig, als die Zeit zu nutzen, die ich noch hatte, und nicht an das Ende zu denken, denn es gab keinen Weg zurück. Nicht denken.

»Seid ihr echt *so richtig* zusammen?«, fragte Norah an einem Tag in der vorletzten Ferienwoche.

»Keine Ahnung«, antwortete ich.

»Das musst du doch wissen?«, sagte sie.

»Jedenfalls sind wir Camping-zusammen«, sagte ich und grinste.

Norah grinste ebenfalls. Wir liefen gerade von Beverly Hills runter. Mathias war vorgegangen und wir wollten uns in der Senke treffen. Am Vormittag waren wir zum Schwimmen am See gewesen, aber wir hatten längst keine Lust mehr, den ganzen Tag dort rumzuhängen, keiner von uns. Wir waren irgendwie zu rastlos, um nur rumzuliegen und nichts zu tun. Keiner hatte etwas gesagt, aber ich glaube, wir hatten alle drei das Gefühl, dass die Zeit, die uns noch blieb, zu kurz war, um sie zu verschwenden.

Also liefen wir jetzt ständig herum. Keine Ahnung, wie es den anderen ging, aber ich dachte bei allem, was wir machten, dass es vielleicht das letzte Mal war. Erdbeeren und Himbeeren pflücken. Fußball mit den jüngeren Kids spielen. Touristen, die irgendwie spannend waren, in der Prärie ausspionieren. Die Beine vom Steg baumeln lassen, während wir Musik hörten. Hamburger und Pommes bei Nes essen.

Jetzt saßen wir an der Kreuzung zur Prärie, gegenüber den größeren Hütten, und aßen die Walderdbeeren, die wir gerade gepflückt hatten. Mathias lag auf dem Rücken im Gras und summte irgendeinen Song.

»Erinnert ihr euch noch an diesen Typen, von dem ich erzählt hab, der, der unter der Dusche gesungen hat?«, fragte Norah.

»Ah, ja«, sagte ich.

»Ich hab ihn gestern wieder gehört. Und jetzt weiß ich, wer es war. Du warst das«, sagte sie zu Mathias, der aufgehört hatte, zu summen.

Ich drehte mich zu ihm um. Er hatte die Augen geschlossen und lächelte halb.

»Echt?«, fragte ich. Aber eigentlich überraschte mich das

nicht so sehr. Diese Lösung ergab inzwischen sehr viel mehr Sinn als beim ersten Mal, als Norah den Typen gehört hatte. Ich hatte die Sache bloß völlig vergessen.

»Mhm, es war Mathias, hundertpro«, sagte Norah und Mathias setzte sich endlich auf.

»Ja, okay, ich war's. Letztes Mal auch. Die Akustik in der Dusche ist aber auch einfach mega«, sagte er entschuldigend.

»Macht ja nichts. Was uns alle viel mehr interessiert, ist, ob du wirklich nackt duschst«, sagte Norah ernst.

Ich brach in Lachen aus. Auch Mathias lachte.

»Ich singe nur nackt«, sagte Mathias.

»Nice«, sagte Norah und lachte.

Mathias fing wieder an zu summen und Norah stand auf, um noch ein paar Beeren zu pflücken. Ich kitzelte Mathias mit einem Grashalm an der Stirn. Erst kapierte er nicht, was das war, dachte vielleicht, es sei ein Insekt, und versuchte, es zu verscheuchen. Als ich weitermachte, öffnete er schließlich die Augen, sah, dass ich ihn gekitzelt hatte, zog mich an sich und küsste mich.

Wir küssten uns lange. Mathias zu küssen war etwas, von dem ich mir nicht vorstellen konnte, dass es jemals langweilig werden würde. Obwohl ich es jetzt schon so oft getan hatte, dass mir nicht mehr so zittrig und komisch wurde wie am Anfang, fühlte es sich immer noch neu und spannend an und brachte meinen Körper jedes Mal zum Explodieren.

Danach blieb ich neben ihm liegen, seinen Arm unter meinem Kopf. Der Himmel über uns strahlte hellblau.

»Ich hab vorhin ganz vergessen zu sagen, dass es voll gut war«, sagte Norah, als sie zu uns zurückkam. »Also der Ge-

sang. Der war echt richtig, richtig gut. Du bist voll begabt.«
Sie kaute nachdenklich auf dem Grashalm herum, der ganz
rot war, weil sie Erdbeeren darauf gefädelt hatte, aber die
hatte sie schon alle aufgegessen.

»Danke«, murmelte Mathias und wand sich ein wenig.

»Du solltest dich bei ›Norwegen sucht den Superstar‹ bewerben!«

»Willst du den Grashalm essen?«, fragte Mathias.

»Im Ernst, ey! Du musst dich echt bewerben. Oder ich film
dich und lad das Video bei YouTube hoch, dann wirst du
berühmt und ich verdien 'nen Haufen Geld!«

»Ich werd berühmt und *du* verdienst 'nen Haufen Geld?«,
sagte Mathias mit einem Grinsen.

»Ja. *Sie starb mit einem Traum. Niemand kann behaupten,
dass dieses Mädchen keine Träume hatte. Sie war die Erste,
die das fantastische Talent des bis dahin unbekannten Mathias
Lund entdeckte …*«, sagte Norah und fuchtelte dabei mit den
Händen, als deklamierte sie ihren Text in einem Theaterstück.
»*Doch leider war es zu spät. Mathias' großartigen Erfolg er-
lebte sie nicht mehr, verfügte aber glücklicherweise darüber,
dass das Geld, das sie an ihm verdient hätte, an Karoline Hansen gehen sollte …*« Norah griff sich mit einer dramatischen
Geste ans Herz, tat, als erlitte sie gerade einen Herzinfarkt
oder so, ließ sich rücklings ins Gras fallen und spielte tot.

»Reiß dich zusammen, Mann«, sagte Mathias.

Ich lachte. Und schaute ihn an. Er hatte Norah immer noch
nicht von Chrissy, dem Song und den Auditions erzählt, sonst
hätte sie das bestimmt erwähnt. Mathias zwinkerte mir zu. Es
war unser Geheimnis.

Kapitel 28

Vielleicht hatte Oma in den letzten Tagen unseres Campingplatz-Sommers das eine oder andere mitbekommen. Ich war nicht schlecht gelaunt, nur traurig und gestresst, weil ich bald nach Hause musste und dort so würde tun müssen, als wäre den Sommer über nichts Besonderes passiert. Zurück zu meinem normalen Leben mit normalen Tagen und überhaupt nichts Ungewöhnlichem, nach diesen Ferien, die absolut außerhalb allen Gewöhnlichen gewesen waren. Ich befand mich außerhalb des Gewöhnlichen. Es schmerzte so, darüber nachzudenken, dass ich die meiste Zeit über wohl ziemlich abwesend wirkte. Manchmal fühlte es sich an, als schwebte ich außerhalb meines Körpers, ich sah mich und alles um mich herum, aber schaffte es nicht, mich mit etwas zu verbinden. Ein bisschen so, als hätte ich Fieber.

»Ich fahre heute nach Oslo«, sagte Oma an unserem letzten gemeinsamen Morgen auf der Terrasse.

»Oh«, sagte ich, nicht besonders enthusiastisch. Noch vor einem Monat hätte mich die Aussicht auf einen ganzen Tag in Oslo in Ekstase versetzt, jetzt wäre es einem Alptraum gleichgekommen, wenn sie mich gebeten hätte, mitzukommen.

»Ja, sieht so aus, als bekämen wir heute Regen. Ich muss ein paar Dinge erledigen, also dachte ich, ich könnte auf dem Weg bei Bitten in Lillestrøm vorbeischauen«, sagte sie.

»Okay.«

»Dann bist du also heute allein. Ich werde nicht vor dem Abend zurück sein, ich kann kurz anrufen, wenn ich in der Stadt losfahre.«

»Okay.«

»Hast du mir zugehört? Ich habe gesagt, dass du heute allein bist. Den ganzen Tag«, sagte sie und schaute mich abwartend an.

Endlich kapierte ich. Oma ermöglichte Mathias und mir, einen ganzen Tag allein zu sein, womöglich zum letzten Mal überhaupt. Ich sprang von meinem Stuhl auf und umarmte sie.

»Na, na, du bringst deine alte Oma noch ganz durcheinander«, sagte sie und schmunzelte, während sie mir über den Rücken strich.

Nachdem wir den Frühstückstisch abgeräumt hatten, drückte ich sie noch einmal. Die ersten Regentropfen malten Flecken auf die Holzdielen der Terrasse.

»Danke, dass ich den Sommer hier mit dir verbringen durfte«, murmelte ich in ihr Haar, das nach Lavendelshampoo und Oma duftete. »Ich hab gedacht, es würde so was von langweilig werden, dabei war es der beste Sommer *ever*.«

»Danke, dass du es ausgehalten hast, den Sommer mit deiner alten Oma zu verbringen«, sagte Oma, und als wir uns voneinander trennten, nahm sie die Brille ab und wischte sich über die Augen.

»Du musst wissen, es war unglaublich schön, dich hier zu haben, obwohl du jetzt schon so groß und selbstständig bist und ich nicht besonders viel von dir gesehen habe«, sagte sie.

»Ich glaub, es ist besser so, sonst hättest du bestimmt bald genug von mir gehabt«, sagte ich.

Oma sah mich mit warmem Lächeln und glänzenden Augen an. »Komm, hilf mir schnell, die Auflagen reinzubringen«, sagte sie dann und wir schafften es gerade so, alles wegzuräumen, bevor es richtig zu schütten begann.

Hatte es diesen Sommer überhaupt irgendwann mal geregnet? Ja, hatte es. Aber selbst, wenn ich mir Mühe gab, erinnerte ich mich nicht an diese Tage. Wenn ich die Augen schloss, sah ich nur lange Tage mit Sonne und Strand vor mir, mit Erdbeeren und Norah und Mathias. Und jetzt waren diese Tage zu Ende. Der Regen hätte nicht passender einsetzen können, es war, als hätte ihn jemand bestellt, um das Ende zu markieren. Norah und ihre Familie würden schon heute abreisen. Wir hatten uns gestern Abend verabschiedet und das war ziemlich traurig gewesen.

»Versprichst du mir, dass wir telefonieren?«, fragte Norah.

»Ich versprech's«, sagte ich.

»Versprichst du mir, dass wir uns nächstes Jahr wiedersehen?«

»Hundertpro«, sagte Norah.

»Wir beide wohnen ja auch nicht gar nicht so weit voneinander entfernt. Vielleicht können wir uns in den Herbstferien treffen?«

»Ich hoff's«, sagte ich und umarmte sie lange. Dachte düster daran, dass sie gesagt hatte »*wir beide* wohnen nicht so weit voneinander entfernt«, im Gegensatz zu Mathias und mir, schwang zwischen den Zeilen mit.

»Ich werd dich so was von vermissen. Ich bin nicht mal

sauer, dass ihr euch ständig weggeschlichen habt und nachts ohne mich rumgelaufen seid«, sagte sie dann.

Die Überraschung musste mir deutlich anzusehen gewesen sein, denn sie lachte mich aus.

»Habt ihr wirklich gedacht, ihr könntet auf dem Herrlichen Hersjøen irgendwas geheim halten? Never ever.«

Als ihr Auto jetzt an unserem Wohnwagen vorbeifuhr, hupte ihr Vater einmal kurz, und ich winkte aus der Vorzeltöffnung, während wahre Sturzbäche von Regenwasser über die Plastikfenster liefen.

Oma fuhr ohne mich nach Oslo und ich war zum ersten Mal seit Ewigkeiten allein – ganz allein –, das letzte Mal war so lange her, dass ich mich nicht mehr daran erinnerte. Oma hatte meine Klamotten nach der letzten Campingplatz-Waschaktion des Sommers ordentlich zusammengelegt und auf meiner Bettkante platziert. Das allein brachte mich fast zum Heulen. Echt, warum konnten wir nicht wenigstens eine Woche mehr haben? Zu Hause wartete nichts auf mich, auf das ich mich gefreut hätte. Ich war nicht mal *ein kleines bisschen* gespannt darauf, wie unser Haus jetzt aussah, nicht mal nach den Telefonaten mit Mama und Papa, in denen sie völlig enthusiastisch geklungen und ausführlich erzählt hatten, was alles fertig sein würde, wenn ich nach Hause kam. Von Emma hatte ich ewig nichts gehört. *Great*, bestimmt hatte sie mich vergessen, auch das noch. Ich musste also nicht nur das Beste zurücklassen, was mir je passiert war, sondern würde auch noch zurückkommen und einsam und allein in meinem neuen, sterilen Zimmer hocken. Ich fing an zu packen. Ganz unten in der Tasche lag immer noch mein Notfallgepäck, von dem ich gedacht hatte, dass ich es unbedingt brauchen würde: Bücher, Spiele und Notizhefte für lange, todlangweilige Tage, die völlig ausgeblieben waren. Sogar das fühlte sich traurig an. Und statt meine Sachen ordentlich einzupacken, stopfte ich den Stapel saubere Klamotten einfach in die Tasche und warf Teil für Teil obendrauf. Es war das reinste Chaos. Aber was machte das schon?

Mein Handy pingte.

Es regnet ... was sollen wir machen?

Ich bin heute allein, kommst du rüber?

Nur drei Minuten später hörte ich, wie der Reißverschluss des Vorzelts aufgezogen wurde und Mathias »Hallo?« rief.

»Ich bin hier drinnen!«, sagte ich, und er nahm die beiden Stufen in den Wohnwagen mit einem einzigen großen Schritt.

»Du kannst ja richtig gut packen«, sagte er ironisch und setzte sich auf mein Bett.

»Pff!«, machte ich und ging ins Vorzelt, um noch mehr Sachen einzusammeln.

Als ich wieder in den Wohnwagen kam, hatte sich Mathias auf dem Bett ausgestreckt und schaute sich die Bücher neben dem Kopfkissen an. Sein Anblick versetzte mir einen Stich, er hatte die Augenbrauen hochgezogen, während er konzentriert einen Klappentext las, und das war das Süßeste ever. Das Süßeste, was ich jemals gesehen hatte. Meine bunten Perlenarmbänder, die ich abends immer auf den Bücherstapel legte, hatte er über sein Handgelenk gezogen.

»Was?«, fragte er, als er bemerkte, dass ich ihn beobachtete.

»Nichts. Du bist so wunderbar«, sagte ich.

»Komm her«, sagte er, legte das Buch zur Seite und streckte die Arme aus. Ich legte mich neben ihn, spürte seinen Arm um mich, hörte den Regen aufs Dach trommeln.

»Unglaublich, dass ich noch nie hier drinnen war«, sagte er. Ich grinste.

»Hier hast du also gelegen, während ich armer Kerl draußen stand und an dein Fenster geklopft hab«, fügte er hinzu.

»Ich hätte dich schlecht reinbitten können«, sagte ich.

»Ja, man sollte gut aufpassen, für wen man sein Fenster öffnet, denk an die Campingbande, never forget.« Er drehte sich zu mir, um mich zu küssen.

»Never forget«, sagte ich und flocht meine Finger in seine.

Wir schwiegen eine Weile und lauschten auf den Regen. Mathias summte leise vor sich hin, während ich versuchte, mich dazu durchzuringen, zu fragen, was gefragt werden musste.

»Wann ... wann fahrt ihr?«

»Morgen«, sagte Mathias.

»Oh.«

»Jupp. Wann fährst du?«

»Morgen.«

»Mhm.«

»Wie lange braucht ihr nach Hause?«

»Wahrscheinlich mehr als zwölf Stunden. Wenn wir in einem durchfahren. Und ihr?«

»Nur zwei«, sagte ich.

Wenn Mathias zwölf Stunden weit entfernt in der einen Richtung wohnte und ich zwei in der entgegengesetzten, hieß das, dass wir insgesamt vierzehn Stunden auseinanderwohnten. So eine mega Ungerechtigkeit, im längsten Land der Welt zu leben!

»Woran denkst du?«, fragte Mathias sanft.

»Dass wir besser in Dänemark leben sollten. Da ist es nämlich gar nicht möglich, so weit auseinander zu wohnen, ob man will oder nicht«, sagte ich und der Arm in meinem Nacken vibrierte, als Mathias lachte.

»Du hast recht. Wir sollten in Dänemark leben. Tun wir aber nicht.«

»Nein.«

Keiner von uns wollte das sagen, was wir sagen mussten. Stattdessen lagen wir einfach nur nebeneinander auf meinem kleinen Schlafsofa und hörten dem Regen zu.

»Ich will nur …«, begann Mathias.

Ich hielt die Luft an.

»Ich will nur, dass du weißt, ganz egal, was im Herbst und im Winter passiert, dass ich diesen Sommer nie vergessen werde. Ich werde dich nicht vergessen«, sagte er.

Das war auch eine Möglichkeit, es auszudrücken.

»Was meinst du mit ›egal was passiert‹?«

Er seufzte. »Es ist kompliziert, ich weiß nicht, wie ich es erklären soll«, sagte er.

Schon wieder ›kompliziert‹. Das hatte er letztens schon gesagt.

»Okay, dann ist es halt kompliziert. Obwohl es eigentlich super leicht ist«, sagte ich. »Du wohnst da oben im Norden und ich hier unten, es geht halt nicht.« Bei den letzten Worten brach meine Stimme und Tränen stiegen hinter meinen Lidern auf.

»Meinst du, wir hätten sonst eine Chance gehabt?«, fragte er und auch seine Stimme klang belegt.

»Ja. Ich ertrag den Gedanken einfach nicht, dass ich hier sein soll und du dort und wir uns niemals wiedersehen werden.« Die Tränen liefen jetzt über meine Wangen und ich tat nichts, um sie aufzuhalten.

»Hey«, sagte Mathias und zog mich näher an sich.

Ich weinte in sein T-Shirt, das inzwischen schon so vertraut roch, ich konnte mir nicht vorstellen, diesen Duft nicht mehr jeden Tag um mich zu haben. Er strich mir über den Rücken und küsste mein Haar.

»Das will ich doch auch nicht, aber ich kann mir nicht vorstellen, wie wir es hinbekommen sollen«, sagte er leise.

Statt einer Antwort weinte ich bloß.

»Aber wir können ja telefonieren. FaceTime und Nachrichten schreiben und ...«

Ich schüttelte den Kopf.

»Nicht?«

»Ach, Mathias, das macht doch alles noch schlimmer? Ich glaub, ich will nicht mitkriegen, wie du mit lauter Leuten Spaß hast, die ich nicht kenne, tausend Mädchen um dich rum hast und so. Das halt ich nicht aus.«

»Du willst also gar keinen Kontakt?« Er klang verletzt.

»Nein! Nein, *das* hab ich nicht gesagt. Ich weiß nicht mal, was ich sage«, schluchzte ich und schmiegte mein Gesicht wieder an seine Brust.

Mathias hielt mich fest und strich mir über den Rücken, bis ich mich beruhigt hatte, mich herumrollte und die Tränen wegwischte.

»Das ist doch gemein. *Man fand sie auf dem Rücken lie-gend, jämmerlich an Liebeskummer verreckt und völlig dehydriert, nachdem sie stundenlang geweint hatten. Sie ahn-ten nicht, dass die Lösung gewesen wäre, für immer auf dem Herrlichen Hersjøen zu bleiben*«, sagte Mathias.

»Hast du gerade deinen ersten Wenn-ich-heute-sterben-würde-Witz gemacht?«

»Sieht ganz danach aus! Verrat's Norah nicht«, sagte Ma-thias und fing an zu lachen.

Ich fiel ein, bis es unmöglich war, das keuchende Lachen vom schluchzenden Weinen zu unterscheiden.

»Echt, überleg mal, das ist das Letzte, was wir zusammen erleben, das, an das du dich für immer erinnern wirst«, sagte ich und vergrub das Gesicht in den Händen.

»Ja. Wenn meine Jungs fragen, ob ich im Sommer ein Mäd-chen kennengelernt habe, sage ich ja, und dass sie ganz okay war, bloß ein bisschen anstrengend, weil sie ständig geheult hat.« Er fügte schnell hinzu: »Ich mach nur Spaß.«

Meine Hände lagen noch immer über dem Gesicht, aber darunter lächelte ich.

»Hey«, sagte Mathias und zog meine Hände weg.

Ich schaute zu ihm hoch, sein Gesicht war ganz nah an meinem.

»Ich hoffe, du weißt, dass ich noch nie so jemanden wie dich getroffen habe«, sagte er.

»Und ich hab vom ersten Augenblick an gedacht, dass du der hübscheste Junge bist, den ich je gesehen hab«, sagte ich.

»Karoline mit K«, sagte er zärtlich. »Du bist magisch.«

Er küsste mich und ich zog ihn an mich, vielleicht, weil ich ihn niemals gehen lassen wollte, spürte sein Gewicht auf mir. Unsere Küsse wurden drängender als bisher, und er schob eine Hand unter mein T-Shirt. Er hielt kurz inne und schaute mich fragend an, und ich nickte, ließ seine Hand weiter auf Erkundungstour gehen, spürte die Schauder über meine Körperseite laufen. Er küsste meinen Hals und ich vergrub meine Hände in seinem Haar, bevor ich sie unter sein T-Shirt schob. Die Haut an seinem Rücken war warm. Ich hatte Mathias hundertmal mit nacktem Oberkörper gesehen, aber es war, als wäre das hier nicht derselbe Körper. Als hätte er irgendwie eine ganz andere Wirkung auf mich, jetzt, wo er so nah war. Hunderte Gedanken rasten durch meinen Kopf, aber ich bekam keinen davon zu fassen. Da waren nur wir und der Regen.

»Ich ertrag es nicht, dass du morgen wegfährst«, sagte ich schließlich, als meine Lippen vom Knutschen brannten und mein Kopf benommen war.

Mathias lag wieder neben mir, einen Arm unter meinen Nacken geschoben. Die Hand, über die er meine Perlenarmbänder gezogen hatte, spielte mit meinen Haaren.

»Und ich ertrage es nicht, von dir wegzufahren«, sagte er. »Aber weißt du, was wir jetzt machen?«

»Nein?«

»Wir werden jetzt einfach hier liegen, du und ich, und dem Regen zuhören und nicht daran denken, dass es nach heute überhaupt noch weitere Tage gibt. Einverstanden, Karoline mit K?«

»Einverstanden.«

Kapitel 29

Mama fand, ich sei undankbar. Sie sprach es nicht aus, doch es stand ihr quasi ins Gesicht geschrieben. Aber was wollte sie denn von mir? Ich ertrug es nicht, dass sie mir das »neue« Haus zeigte. Ich ertrug es nicht, noch ein Wort zu Fliesen, Gardinen, Regalen und Garderoben zu hören, das Einzige, worüber sie gesprochen hatte, seit ich zur Tür reingekommen war. Kapierte sie nicht, was ich durchmachte? Sie fragte kein einziges Mal, wie es mir ging, genauso wenig wie Papa, und sie würden es auch nie erfahren.

Meine Augen füllten sich wieder mit Tränen, aber ich wischte sie demonstrativ gleich weg. Ich würde jetzt nicht noch mehr weinen, es fühlte sich an, als hätte ich nichts anderes getan, seit Oma mich gestern nach Hause gebracht hatte.

Wie schaltete man den eigenen Kopf aus? Wie konnte ich aufhören zu denken?

Ich wollte einfach nur in meinem Bett in meinem Zimmer liegen und nicht denken, überhaupt nicht denken, bis die Schule wieder anfing. Eigentlich sollte ich mich auf das Wiedersehen mit Emma freuen, aber alles in mir fühlte sich leer an. Vermisste ich Norah? Nicht mal das wusste ich, ich dachte immerzu nur an Mathias. Auch wenn ich versuchte, nicht an ihn zu denken, denn wenn ich es tat, tat es sofort im Bauch weh, es stach irgendwo hinter den Rippen, in Richtung Herz. Wie ein großes Loch, das sich mit nichts füllen ließ.

Mama hatte zur Feier des Tages Muffins gebacken und ich aß drei davon. Doch sie schmeckten nach nichts. Und als sie, nachdem Oma gefahren war, die Tür zu meinem Zimmer aufriss und es mir zeigte, wusste ich, dass es großartig war. Dass die hübschen weißen Wände und das große Bett genau so waren, wie ich es mir gewünscht hatte. Die alte Tapete war verschwunden, auch die Holzverkleidung, die vorher die Wand verdeckt hatte. Statt des massiven Schreibtischs mit den ausladenden Regalen stand nun ein minimalistischerer, schöner Tisch im Zimmer. Der Raum wirkte irgendwie größer und viel moderner. Genau so, wie ich es mir vorgestellt hatte.

Aber ich schaffte es nicht, das zu sagen. Schaffte es nicht, irgendetwas anderes zu tun, als die Tür zuzuziehen, mich aufs Bett zu legen und zu versuchen, nicht zu denken. Und da spürte ich, wie sehr ich alles vermisste. Ich vermisste mein schmales, hartes Bett im Wohnwagen. Ich vermisste das kleine Plastikfenster über meinem Bett, vermisste sogar die Enge und dass eine von uns immer ins Vorzelt gehen musste, wenn die andere vorbeiwollte.

Ich vermisste Oma jetzt schon. Und ich vermisste Norah. Und ich vermisste Ma… Nein. Nicht an ihn denken. Nicht das lähmende Gefühl im ganzen Körper wahrnehmen, die Angst, ihn niemals wiederzusehen. Nicht an die letzten Stunden denken, die wir zusammen verbracht hatten.

Wie konnte ich aufhören, so sehr zu leiden? Mein Kopf und mein Herz und einfach alles in mir war in Aufruhr und ich wollte nichts, als die Zeit zurückzuspulen. Ich hätte alles getan, damit dieses Gefühl verschwand, dieses Gefühl, das nichts jemals wieder dasselbe sein würde. Ich würde nie wieder dieselbe sein. Aber wie sollte ich das meinen Eltern erklären?

Am ersten Abend zu Hause rollte ich mich wie ein Ball auf meinem Bett zusammen, versuchte, mich ineinander zu verknoten und nichts mehr zu spüren. Ich schlief mit dem Handy in der Hand ein und wachte am nächsten Tag mit dem Handy in der Hand auf. Meine Finger waren steif, nachdem sie sich die ganze Nacht um das Telefon gekrallt hatten, vor lauter Angst, zu verpassen, wenn es plötzlich pingte oder vibrierte oder Mathias sonst irgendein Lebenszeichen von sich gab. Ich wachte auf der Bettdecke liegend und in den Klamotten von gestern auf. Und auf dem Handy in meiner Hand war nichts passiert.

Der erste Schultag verschwand im Nebel. Ich stolperte wie ein Zombie durch den Tag, lächelte die anderen mechanisch an und tat, als hörte ich den Lehrern zu. Ich sah nur aus wie ein Mensch, versuchte so gut wie möglich zu verbergen, dass ich ein Wrack war.

Emma hatte neue Klamotten, von Kopf bis Fuß alles neu, wie immer, und erst da fiel mir auf, dass ich morgens keine Sekunde darüber nachgedacht hatte, was ich anziehen sollte. Wir trafen vor der Schultür aufeinander, kurz bevor es zur ersten Stunde klingelte, und sie umarmte mich schnell, eine Umarmung, die steif und fremd schien.

»Was geht, Campingqueen?«

Ich schenkte ihr ein breites Lächeln, zeigte viel zu viele Zähne.

»Nicht viel«, sagte ich und zupfte an meinem Kleid, das

mir plötzlich zu kurz und zu eng erschien, alles war klaustrophobisch, und ich wollte bloß wieder nach Hause.

»Krass, es ist lang her, seit wir das letzte Mal gesprochen haben, was?«, sagte sie.

Ich nickte. Und dann überließ ich ihr das Reden. In jeder Pause, die vorüberzog, wurde ich besser darin, eifrig zu nicken, an den richtigen Stellen zu lachen und überrascht zu tun, wenn ich etwas schon vorhergesehen hatte. Sie schien nicht zu merken, dass etwas anders war als sonst.

Nach der Schule lief ich durch die wohlbekannten Straßen nach Hause und versuchte, nicht darüber nachzudenken, was Mathias am anderen Ende des Landes gerade tat. Hatte er heute auch den ersten Schultag nach den Ferien? Dachte er auch an mich? Denn ich dachte die ganze Zeit an ihn. Die ganze verdammte Zeit.

Als ich nach Hause kam, war niemand da. Das Haus roch immer noch nicht nach zu Hause, nur nach frischem Holz und Farbe und irgendwas unidentifizierbar Chemischem. Ich legte mich auf mein Bett in dem Zimmer, das sich immer noch nicht nach meinem anfühlte. Es waren zwar meine Sachen, meine Reisetasche vom Camping, die ganz auszupacken ich mich immer noch nicht hatte durchringen können, aber ich fühlte mich dort nicht zu Hause. Fühlte ich mich überhaupt irgendwo zu Hause?

Wie lange soll das noch so weitergehen?, dachte ich und zog die Decke über mich, obwohl es erst zwei Uhr nachmittags war. Ich wollte einfach nur schlafen. So lange ich konnte. Bis alles nicht mehr so furchtbar schrecklich war.

Jeden Morgen wachte ich mit einem schwarzen Loch im Bauch auf. Schlafen war ganz okay, ich träumte fast nur vom Hersjøen und von vielen kleinen Dingen, die dort passiert waren oder die genauso gut hätten passieren können. Alltägliche Szenarien träumte ich, in denen Norah, Mathias und ich vor den Waschräumen auf den Stufen saßen und über irgendwas lachten oder in denen wir auf der Wiese Ball spielten. Dann wachte ich auf und in den ersten Sekunden war alles normal, alles war wie im Sommer, aber dann erinnerte ich mich an die Realität und mir ging auf, dass ich in meinem neuen Bett in meinem sterilen Zimmer lag und nicht unter einem gemütlichen kleinen Wohnwagenfenster aus Plastik. Ich träumte nie von Mathias und mir. Als würde ich selbst im Schlaf aufpassen, nicht zu viel daran zu denken. Obwohl doch alle wissen, dass Träume besser sind als die Realität.

Jeden Morgen rief ich zuerst Mathias' Insta-Account auf und dann Chrissys. Dort tat sich gar nichts. Einmal abgesehen davon, dass Chrissy wie ein Zug war, der gleichmäßig in derselben Geschwindigkeit dahintuckerte und mehr oder weniger nichtssagendes, meist unverständliches Zeug postete. Neu war nur, dass ich angefangen hatte, seine Posts zu liken. Denn ich dachte, dass Mathias das vielleicht sehen würde. Und auf jedes Bild klickte ich, um zu checken, ob Mathias es auch gelikt hatte. Doch das war nie der Fall.

Manchmal fragte ich mich, ob ich das mit dem Song, den Mathias vielleicht aufnehmen würde, nur geträumt hatte. Schließlich passierte doch nichts? Seit dem Campingkunst-Bild von Beverly Hills hatte Mathias nichts mehr gepostet und auch bei Chrissy fand ich keine Zeichen dafür, dass etwas im

Gang war. Okay, Mathias hatte deutlich gemacht, dass noch gar nicht sicher war, ob er dabei sein würde, aber trotzdem. Nirgendwo ein einziges Zeichen.

Jeden Morgen hätte ich Mathias am liebsten angerufen. Nur um noch einmal mit ihm zu reden, seine Stimme zu hören. Aber die vernünftige Entscheidung, Schluss zu machen und den Kontakt abzubrechen, war natürlich klüger. War es nicht das Beste, einen klaren Schlussstrich zu ziehen, damit die Schwärze im Bauch jeden Tag ein bisschen weniger wurde? Es half nicht gerade, dass ich ständig an ihn dachte. Oder meinte, ihn überall zu sehen. Im Supermarkt, auf dem Schulhof, an mir vorbeiradelnd oder als Stimme im Radio in Papas Auto. Wahrscheinlich war das normal, wenn alle Gedanken in meinem Kopf nur um diesen einzigen Menschen kreisten, den ich so unbedingt vergessen wollte, aber dabei jeden Tag versagte. Jede Minute. *Nein. Ich darf ihn nicht kontaktieren*, sagte ich mir selbst jeden Morgen. Aber wenn wenigstens Chrissy etwas über ihn posten würde, wenn es wenigstens irgendwo ein Lebenszeichen von ihm gäbe und ich ihn mit Abstand im Blick behalten könnte. Wäre das nicht ganz schön gewesen? Vielleicht hätte es die Dinge aber auch noch schwerer gemacht. Ihn zu sehen, ihn zu hören, aber zu wissen, dass er viel zu weit weg war, viel zu unerreichbar, viel zu unmöglich, mit ihm zusammen zu sein.

Kapitel 30

»Willst du nach der Schule mit zu mir kommen?«, fragte Emma. Wir saßen an unserem Tisch in der Mensa.

»Ja, okay«, sagte ich und kaute auf dem Brot herum, das Mama mir mitgegeben hatte. Immer noch schmeckte alles nach nichts. Ich hatte keinen Hunger, jedenfalls so gut wie nie, aber natürlich musste ich trotzdem was essen.

Zwischen Emma und mir war es viel zu still geworden, kein Vergleich zu früher, wir mussten irgendwie einen neuen Rhythmus finden, nachdem wir so lange getrennt gewesen waren. Und ich hatte Emma immer noch nichts erzählt, weil ich irgendwie nicht wusste, wie. Obwohl es sich manchmal anfühlte, als zitterte ich, würde vor lauter unausgesprochenen Gedanken beinahe platzen. Der ganze Sommer, Mathias, Norah, Hersjøen und all das andere, was sich anfühlte, als sei es schon Jahre her.

Norah hatte mir ein paar Nachrichten geschickt, sie schien auch nicht besonders happy zu sein, zurück im Alltag zu sein. »WILLKOMMEN IN DER HÖLLE, NOCH 187 TAGE IM GEFÄNGNIS«, schrieb sie in einer davon und ich lächelte in mich rein, als ich das las, hörte ihre Stimme in meinem Kopf. Typisch Norah, in Großbuchstaben zu schreiben.

Wir fuhren mit dem Bus zu Emma, ich hielt dem Busfahrer die App mit dem gültigen Ticket hin und ließ mich dann neben Emma fallen, die einen freien Zweier gefunden hatte.

»Sollen wir uns gleich was Geiles zu essen machen?«, fragte sie.

»Klar, können wir«, sagte ich und zuckte die Schultern.

Während der Bus durch die Straßen fuhr, die lange Steigung rauf, die ich normalerweise nach Hause lief, dann auf die Hauptstraße und weiter in die Richtung, in der Emma wohnte, saßen wir schweigend nebeneinander. Ich starrte aus dem Fenster und beobachtete alles, was draußen passierte. Zweimal sah ich jemanden, der Mathias ähnelte und beide Male machte mein Herz einen erwartungsvollen Hüpfer. Es war unmöglich, dass er es war, und das wusste ich, trotzdem hielt ich jedes Mal den Atem an, bis wir an den Leuten vorbei waren und ich mich vergewissert hatte, dass es jemand ganz anderes war, jemand, der ihm überhaupt nicht ähnlich sah.

Schließlich begann Emma, von ihrem Sommer zu erzählen.

»Also, bei schönem Wetter sind wir immer mit dem Boot von Sagen und seinen Jungs rausgefahren und sie hatten so einen Gummiring, den man hinterm Boot herziehen kann, und bei jeder Welle so waaaooow, meeeega niiiice, und dann haben wir an einer der kleinen Inseln angelegt und gegrillt und Sagen ist von den höchsten Felsen gesprungen, meeega niiiice«, plapperte Emma und hektische rote Flecken zeigten sich auf ihren Wangen.

»Ah ja, Sagen. Du hast in den Ferien ja schon von ihm erzählt«, sagte ich mit einem Grinsen.

Emma nickte und starrte aus dem Busfenster.

»Aber, na ja, es ist nichts passiert«, sagte sie so schnell, dass man auf den Gedanken hätte kommen können, dass sie sich wünschte, es wäre was passiert.

Ich hatte bisher gar nicht darüber nachgedacht, dass Emma ja auch etwas erlebt haben könnte, von dem sie erzählen wollte. Als zum Ende der Ferien der Kontakt zwischen uns fast völlig abgebrochen war, war ich davon ausgegangen, dass das hauptsächlich an mir lag, weil bei mir so viel passiert war. Aber vielleicht war in der Hütte am Eikeren ja auch viel passiert.

»Wir müssen raus«, sagte Emma plötzlich, drückte den Stoppknopf und stand auf.

Ich folgte ihr. Von der Bushaltestelle war es nicht weit bis zu ihr nach Hause. Ihr Grundstück hatte ein eigenes Eingangstor, von dem aus ein von Birken gesäumter Weg zum Haus führte. Das war riesig. Die ersten Male, als ich Emma besucht hatte, war ich staunend von Raum zu Raum gegangen, während sie nur mit den Achseln gezuckt hatte. Sie hätte genauso gern in einer einfachen Waldhütte gewohnt, aber das tat sie nun wirklich nicht.

»Sollen wir Toast machen?«, fragte Emma und zog, ohne auf eine Antwort zu warten, einen weißen Sandwich-Toaster hervor.

»Gute Idee«, sagte ich und merkte, dass mein Magen bei dem Gedanken an geschmolzenen Käse unfreiwillig zu knurren begann.

Emma lachte über das Geräusch und summte vor sich hin, während die Käsebrote im Sandwich-Toaster brutzelten. Ich ging am Esszimmer mit den doppelflügeligen Türen vorbei, in dem lediglich ein großer Tisch mit vielen Stühlen stand, und ins Wohnzimmer. Dort setzte ich mich auf eins der Samtsofas und wartete.

Emma kam ins Wohnzimmer, zwei Teller mit Käsetoast balancierend, auf der einen Seite zwei Gläser zwischen Ellbogen und Körper geklemmt, auf der anderen eine Flasche Limo. Ich musste über den komischen Anblick lachen und sprang auf, um ihr zu helfen. Emma zog eine Grimasse und grinste.

»Hilfe wird überbewertet«, sagte sie und ließ sich neben mich aufs Sofa fallen. Sie nahm die Fernbedienung vom Tisch vor uns und schaltete den Fernseher ein, während ich in meinen Toast biss. Dabei verbrannte ich mir die Zunge, sodass ich den Mund zu einem O verzog und die Luft in kurzen Stößen einsog. Ich riss den Mund so weit wie möglich auf, damit das heiße Stück Brot so wenig Berührungsfläche wie möglich hatte.

»Sorry, hab vergessen zu sagen, dass es heiß ist«, sagte Emma ironisch und rollte übertrieben mit den Augen.

Ich wollte lachen, aber das tat nur noch mehr weh. Als ich das heiße Ding endlich runtergeschluckt hatte, spülte ich mit großen Schlucken Limo nach. Mein Kopf war ganz heiß. Ich lehnte mich zurück, wir hatten beide die Füße hochgelegt, während eine alte Folge einer Serie, die wir schon kannten, über den Bildschirm flimmerte. Emma konnte sogar einige der Dialoge auswendig.

»Was ist das noch mal, läuft das auf Netflix?«, fragte ich.

»Nein, ich hab das normale Fernsehen angemacht, ich glaub, das ist TV9«, sagte Emma.

»Wär mal wieder Zeit für was richtig gutes Neues, was?«, fügte sie mit dem Mund voller Toast hinzu.

Ich nickte zur Antwort und das Bild wechselte zu Werbung. Und einen Augenblick später blieb mir beinahe mein Toast im Hals stecken. Denn auf dem Bildschirm zog Mathias vorbei.

Er war nur ganz kurz zu sehen, bevor jede Menge anderer Gesichter schnell nacheinander eingeblendet wurden. *Nein.* War das das Zeichen dafür, dass ich endgültig verrückt wurde? Dass ich nicht mehr ganz bei Trost war? Wie lange sollte das noch so weitergehen, dass ich ihn überall zu sehen glaubte?

»Er ist es nicht«, murmelte ich und biss von meinem Toast ab.

»Was?«, fragte Emma.

»Nichts.« Ich zwang mich zu einem Lächeln.

Wir guckten die Serie weiter. Sie war weder besonders witzig noch besonders spannend. Aber wenigstens füllte sie die Stille zwischen uns und es schien, als genösse Emma es ebenfalls, einfach nur nebeneinanderzusitzen. Die nächste Werbepause kam ziemlich bald. Und da war er wieder. Mathias grinste mich eine winzige Sekunde lang selbstbewusst an und bevor ich darüber nachdenken konnte, was ich tat, rief ich »STOPP!« und setzte mich senkrecht auf dem Sofa auf.

Emma schreckte hoch und legte mir eine Hand auf den Rücken. Mein Herz raste und mein Blick klebte am Bildschirm. Aber Mathias war nicht mehr zu sehen. Bloß jede Menge kurze Sequenzen, die junge, hübsche Menschen zeigten und mit lauter Musik unterlegt waren. Einige von ihnen guckten direkt in die Kamera und zielten zum Spaß mit dem Finger auf uns Zuschauende. Nach den Bildern stand da: »Demnächst bei TV9«. Was hieß das, »demnächst«? Was kam demnächst auf TV9?

Ich drehte mich abrupt zu Emma um.

»Können wir zurückspulen?«

Emma schaute mich verwirrt an, reichte mir aber die Fernbedienung. Ich spulte schnell zurück, bis ganz an den Anfang des Werbetrailers. Mein Herz pochte so heftig, dass ich mich beinahe wunderte, dass Emma noch nichts dazu gesagt hatte, sie musste es doch gehört haben. *Ba-dum-ba-dum-ba-dum*, zusammen mit einem starken Rauschen in den Ohren. Meine Hand zitterte leicht, als ich endlich weit genug zurückgespult hatte und auf Play drückte.

»Was ist los?«, flüsterte Emma, ich machte ihr ein Zeichen, dass sie still sein sollte.

Einen Moment lang spiegelten wir uns in dem großen Fernsehbildschirm, dann begann der Trailer von vorn. Laute, euphorisierende Musik lief zu den kurzen Clips, in denen verschiedene junge Menschen zu sehen waren, Mädels und Jungs. Keiner von ihnen wurde so lange gezeigt, dass man einen richtigen Eindruck von ihnen oder davon bekam, wofür hier geworben wurde. Ich hielt die Luft an. Und *da* war Mathias. Wie in Slow-Mo erkannte ich gerade so, dass er ziemlich braun war, seinen gestreiften Pullover trug, seine Haare länger waren, als ich sie in Erinnerung hatte, und dass er *meine Armbänder* ums Handgelenk trug. Er hatte die Arme genau so vor der Brust verschränkt, wie ich es tausendmal bei ihm gesehen hatte, während er direkt in die Kamera schaute, die als Nächstes zu einem Mädchen in einem rosa Top mit Puffärmeln schwenkte.

Der Raum drehte sich. Es fühlte sich an, als hätte jemand einen Blurry-Filter über meine Augen gelegt, und wie in Trance las ich zum Schluss dieselben Wörter wie vorhin: »Demnächst bei TV9«. Und dann war es vorbei. Es waren höchstens dreißig Sekunden gewesen, aber die Zeit stand still und ich sah mich selbst von außen. Mein Herz raste noch immer, ich saß wie versteinert da, die Fernbedienung in der Hand. Erst als Emma mit den Händen vor meinem Gesicht herumwedelte, kam ich wieder zu mir.

»Was ist los? Hallo! Was ist los? Was war das? Karoline, hallo?«

Ich schluckte und räusperte mich. Was sollte ich sagen? Dass ich fast in Ohnmacht gefallen wäre, weil Mathias plötzlich im Fernsehen aufgetaucht war?

»Ich dachte, ich hätte jemanden gesehen, den ich kenne«, sagte ich.

Mein Hals war staubtrocken, ich schluckte noch mal, aber es half nichts. Der Versuch, Emma beruhigend zuzulächeln endete in etwas, das im besten Fall aussah, als würde ich die Zähne fletschen. Ich griff nach meinem Glas und trank es gierig in einem Zug leer.

»Ja und? War es jemand, den du kennst? Was ist denn los?«

»Nein. Nein, es war ... sie war es nicht«, sagte ich. »Es war nicht die, die ich dachte.«

»Was hast du denn gedacht, wer es ist?«

»Bloß ... ein Mädchen, das ich im Sommer auf dem Campingplatz kennengelernt hab«, log ich. »Ich dachte, sie wär das gewesen, aber sie kommt aus Dänemark, das ist ja eigentlich total unlogisch, dass sie im norwegischen Fernsehen auftaucht. Wobei, ich hab gar nicht verstanden, wofür der Trailer ist. Du? Ich mein, ich wüsste nicht, dass sie Schauspielerin ist oder sonst irgendwie berühmt, das ist doch dann nicht logisch? Was meinst du, wann der Trailer aufgenommen wurde? Bestimmt irgendwann im Sommer oder vielleicht auch … Was meinst du, wie lange man braucht, um so einen Clip zu drehen?«

Ich brabbelte und ich wusste es. Aber es fühlte sich so an, als hätte mein Kopf die Geschwindigkeit hochgedreht, dreimal so schnell, und alle diese Fragen standen hintereinander um meine Aufmerksamkeit an. Emma sah wie ein einziges Fragezeichen aus.

Ich schaffte es nicht, noch etwas zu sagen, und versuchte, so zu tun, als wäre nichts. Emma drückte wieder auf Play, guckte aber immer wieder zu mir rüber. Mein Kopf schmerzte. Es *war* Mathias gewesen, kein Zweifel. Aber von so was hatte er im Sommer doch nichts gesagt? Er hatte nie ein Wort darüber verloren, dass er was für TV9 machte, oder? Oder hatte ich das verdrängt? Nein. Chrissy, hatte er gesagt, Chrissy wollte irgendwas bei Insta machen. Mathias war bei irgendwelchen Auditions gewesen und dann hatte Chrissy was posten wollen. Einen Song. Und er hatte ja nicht mal gewusst, ob was daraus werden würde. Von TV9 hatte er kein Wort gesagt.

Drehte ich jetzt völlig durch? Vielleicht hatte ich mir das alles nur zusammengereimt, alles, was er mir je erzählt hatte. Ich konnte mich auf nichts verlassen, am wenigsten auf mich selbst.

»Du bist ganz blass«, sagte Emma plötzlich.

»Ich … muss nur aufs Klo«, sagte ich schnell, stand auf und lief zu einem der Bäder auf dem Flur.

Mein Spiegelbild war wirklich blass, Emma hatte recht,

und ich sah irgendwie erschrocken aus. Meine Augen waren weit aufgerissen und ich schaffte es nicht, mein Gesicht so weit zu entspannen, dass die steile Falte verschwand, die sich zwischen meinen Augenbrauen gebildet hatte.

»So ein Mist«, murmelte ich, setzte mich auf den Rand des runden Whirlpools. Versuchte, ruhig zu atmen. Tief in den Bauch. Jedes Mal stach es wieder, sodass ich nach zwei Atemzügen lieber das Gesicht in meine Hände stützte und auf meine weißen Socken starrte.

Okay. Mathias war im Fernsehen. Ich träumte nicht. Er war im Fernsehen, leibhaftig, genau so, wie ich ihn in Erinnerung hatte. Ich hatte noch nicht verstanden, wofür da geworben wurde, aber es handelte sich jedenfalls nicht um den Clip, den sie im Sommer auf dem Hersjøen eingespielt hatten. Würde er bei verschiedenen Sachen mitmachen? Bei irgendwas, von dem er mir nichts erzählt hatte? In dem Trailer hatte er außerdem lange Haare gehabt, länger zumindest als in meiner Erinnerung, es konnte also noch nicht lang her sein, dass sie den Clip gedreht hatten. Und die Armbänder, verdammt, die hatte ich fast schon vergessen. Er trug meine Armbänder, die er an unserem letzten Tag mitgenommen hatte, es fühlte sich an, als wäre das eine Ewigkeit her. Die Aufnahmen mussten also jetzt gemacht worden sein, nach den Sommerferien. Aber warum trug er die Armbänder immer noch, wo doch Schluss zwischen uns war?

Ich nahm mein Handy. Ich musste rausfinden, was los war. Alles, was Mathias mir im Sommer erzählt hatte, hatte logisch geklungen. Jetzt ergab es keinen Sinn mehr. Hätte ich stärker nachhaken sollen? Ihn drängen, mehr zu erzählen?

Aber das hätte ich ja gar nicht gekonnt, ich hatte ja geglaubt, dass Mathias mir alles so erzählte, wie es war. Oder vielleicht war ich auch zu verliebt gewesen, um klar denken zu können. *Immer noch verliebt*, dachte ich traurig, während ich ein neues Suchfenster aufrief. Wo sollte ich anfangen?

»MATHIAS LUND«, schrieb ich zunächst. Über sieben Millionen Treffer, sagte Google, aber keiner der ersten Treffer hatte etwas mit meinem Mathias zu tun. Ein dänischer Fußballer und eine Reihe Facebook-Profile, die nicht seine waren. Ich scrollte runter und klickte weiter, schließlich fand ich einen Artikel der Lokalzeitung aus Mathias' Heimatort, in dem es um ein paar Kinder ging, die das erste Leberblümchen des Frühjahrs gefunden hatten. Der Artikel war ziemlich alt und auf dem Foto wirkten Mathias' Haare beinahe weiß. »Mathias (7) pflückt die Blumen für seine Mutter«, stand dort, und ich hätte den Artikel am liebsten ausgedruckt und aufgehängt. Man konnte genau erkennen, dass er es war. So wahnsinnig niedlich und klein.

Die Suche nach »TV9« ergab ebenfalls Unmengen an Treffern, allerdings ausschließlich offizielle Webseiten und Informationen zu älteren Sendungen. Auf dem YouTube-Kanal von TV9 hatten sie den Trailer hochgeladen, den wir vorhin gesehen hatten. Ich drückte in dem Moment auf Pause, als Mathias das Display ausfüllte. Es fühlte sich an, als würde er genau mich anschauen. Das Video war vor elf Stunden gepostet worden, es war also ziemlich neu. Aber warum hatten sie keine weiteren Informationen rausgegeben? Warum sagten sie nicht, *was* demnächst in ihrem Programm laufen würde? Als nächstes klickte ich mich auf Chrissys Instagram-Account. Dort gab es nichts Neues, tatsächlich hatte er den ganzen Tag noch nichts gepostet, und gestern auch nicht, das sah ihm gar nicht ähnlich. Ich drückte auf die drei Punkte neben dem kleinen Profilbild, um einzustellen, dass ich eine Benachrichtigung bekam, wenn er etwas hochlud. Dann öffnete ich Mathias' Profil und tat dasselbe. Und bei dem von TV9 auch. Just in case.

Die Suche nach »TV9 WERBUNG« half mir auch nicht weiter, ich fand nur einige Berichte darüber, dass TV9 jedes Jahr viele Millionen Kronen mit Werbung verdiente. Doch dann stieß ich auf einen Tweet, den ich öffnen konnte, ohne selbst ein Konto dort zu haben.

Schon den geheimnisvollen Trailer auf TV9 gesehen?
No spoiler, but it's gonna be wild ... Stay tuned!
#scandinaviasuperstar

Mir wurde heiß. Scandinavia Superstar? Der User, der das gepostet hatte, hatte auch noch einige andere News geteilt, aber darin ging es nicht um TV9. Vielleicht arbeitete er beim Fernsehen? Diese Person könnte mein Schlüssel zu mehr Informationen sein, also richtete ich ein Konto ein, um ihr folgen zu können. »Wie willst du heißen?«, stand da. Tja, ich schrieb das Erste hin, was mir einfiel, ganz unwichtig war das ja nicht, und tatsächlich war @Mathias-Lund noch frei. Also wurde es das.

Egal, wie viel ich auch suchte, ich fand keine weiteren Hints mehr, die etwas mit der Sendung zu tun hatten. Ich lud den Account der einzigen Person, der ich folgte, neu, aber es gab keine News, nur ein paar Reaktionen. Jemand hatte »Fett!« geantwortet und ein anderer: »Talente? Sind überhaupt noch welche übrig?« Und ja, vielleicht hatten sie damit recht.

Als ich endlich ins Wohnzimmer zurückkam, kommentierte Emma nicht, wie lange ich weg gewesen war. Womöglich dachte sie, dass ich plötzlich Durchfall bekommen hatte oder so. Ich biss von meinem kalt gewordenen Brotrest ab. Emma schaute mich an, immer noch mit besorgtem Gesichtsausdruck.

»Ich fürchte, ich muss nach Hause«, sagte ich.

»Jetzt schon?« Emma sah enttäuscht aus.

»Ja. Danke für den Toast, war voll lecker«, sagte ich und legte das halb aufgegessene Brot auf den Teller zurück. Ich schnappte mir meinen Rucksack und eilte in den Flur.

»Soll ich nicht nachgucken, wann der nächste Bus fährt?«, rief Emma mir hinterher.

»Passt schon«, rief ich zurück und schlüpfte in meine Schuhe, während ich bereits die Tür öffnete, mich hindurchschob und sie hinter mir zuzog.

In der kleinen Allee, die zu Emmas Haus führte, empfing mich frische Augustluft. Als ich an der Haltestelle ankam, setzte ich mich auf die Bank und holte mein Handy wieder raus. Ich starrte auf den Screenshot, den ich von dem YouTube-Video gemacht hatte und versuchte, Ordnung in meine Gedanken zu bringen. Ich wusste Folgendes:

1. Mathias hatte im Sommer erzählt, dass er an Auditions teilnahm, um einen Song mit Chrissy aufzunehmen. Und sie hatten irgendwas gefilmt, das Chrissy bei Insta posten wollte.

2. Jetzt tauchte er in einem Trailer für eine neue Fernsehshow auf. Das war etwas ganz anderes.

3. Auf Twitter behauptete jemand, dass es dabei um den neuen Superstar für ganz Skandinavien ging. Und das war viel größer als das, was Mathias mir erzählt hatte.

4. Mathias hatte mich angelogen. Im Augenblick wusste ich noch nicht, warum, aber die Wahrheit hatte er mir jedenfalls nicht gesagt. Hatte er, wenn er sagte, es sei kompliziert, eigentlich das hier gemeint? Und gar nicht uns?

Und das war es auch schon. Leider hatte ich viel mehr Fragen als Antworten. Mein Kopf brummte von all dem, was ich *nicht* wusste. Was für eine Show war das, wann würde sie ausgestrahlt werden und was würde das bedeuten? Würde Mathias singen? Wer waren all die anderen, die im Trailer zu sehen waren? Hatte Chrissy was damit zu tun? Handelte es sich um einen skandinavischen Wettbewerb, der längst gedreht war? Würden danach alle wissen, wer Mathias war?

Und so weiter. Und dann die schmerzhafteste Frage von allen, die ich die ganze Zeit über in die hinterste Ecke meines Hirns zu schieben versuchte, die aber trotzdem ständig durch meinen Kopf schwirrte, während ich hier saß und das Gefühl hatte, dass die ganze Welt durcheinandergeriet: Warum hatte er mir nichts davon erzählt?

Und wie auf ein magisches Signal hin klingelte das Handy in meiner Hand und riss mich aus meinen Gedanken.

Kapitel 31

Als ich im Zentrum aus dem Bus stieg, war es fast vier. Der Anruf war von Mama gekommen, und jetzt schickte sie mir eine Liste mit Sachen, die ich für sie einkaufen sollte. Hackfleisch, Zwiebeln und Spaghetti, las ich und sah aus dem Augenwinkel, dass Mathias mich angrinste. Ich hatte mich inzwischen schon fast daran gewöhnt, ihn überall zu sehen, auch in einem Werbespot im Fernsehen, und schreckte nicht mehr so zusammen wie im Bus auf dem Weg zu Emma. Jetzt wusste ich, was der Realität entsprach, und alles andere ignorierte ich einfach. Oder, na ja, was versuchte ich mir eigentlich vorzumachen. Ich wusste einen Scheißdreck, aber zumindest vertraute ich nicht mehr allen Impulsen, die mein Gehirn mir sandte. Deshalb drehte ich mich nicht um, überprüfte nicht, ob es wirklich Màthias war, den ich aus dem Augenwinkel erspäht hatte, während ich Mamas Einkaufszettel studierte. Er konnte es nicht sein.

Ich ging also mit dem Handy in der Hand in Richtung des Kiwi-Supermarkts, Mama schickte eine Nachricht nach der anderen, immer mehr Punkte für den Einkaufszettel, und fragte, ob ich genug Geld auf meiner Karte hatte. Als ich ihr gerade antworten wollte, bekam mein Handy plötzlich eine Art elektronischen Schluckauf. Es blinkte und brummte in einer Tour, während tausend Nachrichten und Benachrichtigungen gleichzeitig aufploppten. Ich drückte auf die Taste an der Seite, sodass der Bildschirm schwarz wurde. Dann drückte ich ein zweites Mal und alle Benachrichtigungen tauchten untereinander auf. Mathias hat gerade ein Foto gepostet. Chrissy hat gerade ein Foto gepostet. TV9 hat etwas getweetet. TV9 hat ein Video veröffentlicht. Mathias hat gerade ein Foto gepostet. Chrissy hat gerade ein Foto gepostet. Chrissy hat etwas in seiner/ihrer Story gepostet. Mathias hat gerade ein Foto gepostet. Chrissy hat gerade ein Foto gepostet.

Mein Handy musste sich irgendwie aufgehängt haben. Ich klickte zuerst auf die Benachrichtigungen von Mathias. Es war kein Bug, er hatte tatsächlich drei Bilder direkt hintereinander hochgeladen. Alle zeigten ihn und wirkten voll glossy, sie sahen aus, als stammten sie aus einer Zeitschrift. Man hätte sie als Poster drucken können. Auf allen drei Bildern hatte er dieselben Klamotten an, den gestreiften Pullover, den er auch in dem TV9-Trailer getragen hatte, und meine Armbänder ums Handgelenk geschlungen. Seine Posen unterschieden sich, sonst wären die Bilder beinahe identisch. Unter den Bildern stand nichts als ein Datum. »Sechster September.« »Sechster September.« »Sechster September.«

Mein Hals wurde eng. Nächsten Samstag war der sechste September, nur noch anderthalb Wochen. Was würde dann passieren? Was hatte er vor? Und er hatte nicht nur die drei Fotos veröffentlicht, er hatte auch fast alle anderen Bilder gelöscht, die vorher auf seinem Profil gewesen waren. Nicht, dass das besonders viele gewesen wären, aber jetzt standen neben den neuen nur noch drei alte Fotos. Die perfekte Symmetrie. Ich wusste nicht, ob ich mich freuen oder traurig sein sollte, dass das neueste der alten Bilder das von Beverly Hills war. Das hatte er behalten. In den Kommentaren dazu strahlte immer noch mein gelbes Herz. Aber ansonsten hatte er Platz gemacht für diesen neuen Mathias mit langem blonden Haar und einem Insta-Smile, das locker an Chrissys ranreichte. Ich hatte ihn schon einmal so lächeln sehen, als sie auf dem Herrsjøen gedreht hatten, und daran zu denken, war jetzt verwirrender denn je. Wo bitte war *dieser* Werbespot?

Chrissys Profil zeigte fast dasselbe. Drei Fotos von ihm hintereinander, jeweils im bunten Jackett, in drei verschiedenen Farben, mit perfekt sitzendem Haar und seinem üblichen Grinsen mit schneeweißen Zähnen. »COMING SOON« stand unter dem ersten Bild. »THE BIGGEST CASTING SHOW YOU'VE EVER SEEN« unter dem zweiten und »HOSTED BY YOURS TRULY. SEPTEMBER 6TH« unter dem dritten.

Was bitte?

Während ich noch dastand und versuchte zu verstehen, was vor sich ging, trudelten weitere Benachrichtigungen ein, diesmal von Twitter. Offenbar hatte TV9 nun auch die Schleusen geöffnet und während ich auf das Display starrte, tickte ein Tweet nach dem anderen auf mein Handy:

Die größte Castingshow Skandinaviens!

Die größten Stars, die du je gesehen hast!

Welches Land wird gewinnen?

So etwas hast du noch nie gesehen.

Die Superstars von morgen zeigen dir, was sie können.

Und so weiter. Die Nachrichten von den paar Konten, die ich abonniert hatte, schwemmten nur so auf mein Handy, Chrissy teilte den kompletten Fernsehspot in seiner Story und postete dann jede Menge Reaktionen seiner Fans, die wahrscheinlich nacheinander genau dieselben Benachrichtigungen bekommen hatten wie ich. Ich wusste nicht, was ich davon halten sollte. Es war schwierig, überhaupt einen klaren Gedanken zu fassen.

Spaghetti und Zwiebeln, dachte ich. Spaghetti und Zwiebeln, damit konnte ich umgehen. Ich umklammerte mein Handy, während ich weiter auf den Haupteingang des Supermarkts zuging. Ich nahm mir vor, erst wieder aufs Handy zu schauen, wenn ich mit dem Einkaufen fertig war. Aus dem Augenwinkel registrierte ich schon wieder Mathias. *Verdammt noch mal.* Aber ich hob den Blick, schaute zu ihm, zu der riesigen Wand schräg gegenüber vom Supermarkt. Statt den zwei kleineren Plakaten, die dort normalerweise hingen, prangte dort nun ein einziges großes, und allein die Zähne des Jungen darauf waren bestimmt zwei Meter breit und unmöglich zu übersehen.

MATHIAS: NORWAY'S NEW DREAMBOY
Präsentiert von RVS. Demnächst bei TV9.

Ich schluckte. Stellte fest, wie gut er aussah. Es war keins der Fotos, die er gepostet hatte, aber im selben Stil, glossy, shiny und bunt. Und doch konnte ich sehen, dass sein Lächeln nicht ganz echt war. Irgendwie erreichte es seine Augen nicht, als wäre er ein bisschen nervös. Wer ihn nicht kannte, würde das vielleicht gar nicht bemerken, aber ich fand, es sah irgendwie fake aus. Meine Hände zitterten, als ich doch wieder zum Handy griff und Mathias' Nummer suchte. Schluss oder nicht Schluss, ich musste wissen, ob ich völlig durchgedreht war. Voll verrückt und so. Ein kurzes, fremdes Signal

kam aus dem Hörer, dann sagte eine mechanische Stimme:
»Die von Ihnen gewählte Rufnummer ist nicht vergeben.«

Ich merkte, wie meine Beine weich wurden und Kälte
durch meinen Körper strömte. Mein Herz war schon vor
einer ganzen Weile in einer irrsinnigen Geschwindigkeit da-
vongaloppiert, es arbeitete auf Hochtouren, und mein Gehirn
versuchte fieberhaft, den Anschluss an das, was hier passierte,
nicht zu verlieren.

*Im Ernst, Mathias, was ist los? Was machst du denn? Was
ist hier eigentlich los?*

Das war das Letzte, was ich dachte, bevor alles um mich
herum schwarz wurde.

PS:
Den Campingplatz Herrlicher Hersjøen gab es wirklich. Ich weiß das, weil ich jeden Sommer dort gejobbt habe, von meinem zwölften bis zu meinem zwanzigsten Lebensjahr. Er lag in dem kleinen Ort Mogreina, nicht weit vom Osloer Flughafen Gardemoen und der Stadt Jessheim entfernt. Der Campingplatz im Buch ähnelt deshalb dem Herrlichen Hersjøen, wie ich mich an ihn erinnere, und alle Spitznamen für die verschiedenen Orte auf dem Campingplatz gab es wirklich. Alle Personen und Geschehnisse in der Geschichte habe ich mir dagegen ausgedacht. Nes zum Beispiel teilt seinen Nachnamen mit meiner Tante, der der Campingplatz gehört hat, aber da hören die Ähnlichkeiten auch schon auf.

Ich hoffe, du hast Lust, auch das zweite Buch über Karoline und Mathias zu lesen, *Celebrity Sweetheart*. Darin bekommt Karoline die Herausforderungen, von denen du gerade gelesen hast, so richtig zu spüren. Bis dahin!

Viele Grüße
Kirsti

Die Originalausgabe erschien 2022 unter dem Titel
Kjendiscrush bei Cappelen Damm, Oslo.

Wir bedanken uns bei NORLA –
Norwegian Literature Abroad für die Übersetzungsförderung.

3. Auflage 2025

Erste Auflage 2024
Deutsche Erstausgabe
© der deutschsprachigen Ausgabe Insel Verlag
Anton Kippenberg GmbH & Co. KG, Berlin, 2024
Alle Rechte vorbehalten. Wir behalten uns auch
eine Nutzung des Werks für Text und Data Mining
im Sinne von § 44b UrhG vor.
Umschlag: zero-media.net, München
Umschlagabbildungen: iStock by Getty Images;
Getty Images; FinePic®, München
Satz: Dörlemann Satz, Lemförde
Druck: CPI books GmbH, Leck
Printed in Germany
ISBN 978-3-458-64428-6

Insel Verlag Anton Kippenberg GmbH & Co. KG
Torstraße 44, 10119 Berlin
info@insel-verlag.de
www.insel-verlag.de